숨겨진 우리소설 총서 3

양소져전

숨겨진 우리소설 총서 3

양소졔젼

註解 박인희

도서
출판 박이정

머리말

현재 전하고 있는 고전소설이 858종에 달한다고 한다. 이 중 연구자의 시야에 들어온 작품은 몇 종이나 될까? 반이나 될까? 필사본과 목판본으로 전하고 있는 작품이 아닌 필사본으로만 전하고 있는 작품의 경우에는 그 수가 더 줄어들 것이다. 아마 많은 수의 필사본이 낙질 혹은 낙장되어 전하고 있다는 점과, 필사 상태에 따라 읽기 어려운 부분이 많은 점, 그리고 읽는 사람에 따라서 다르게 읽힐 여지가 다분한 점 등이 이러한 정황을 만들어낸 것이 아닐까 생각한다.

이러한 정황을 타개하기 위해 우선 해야 할 것이 무엇일까? 우리는 그것이 작품의 진면목을 소개하는 것이라고 생각한다. 그리고 그 작업을 홀로 하기보다는 여럿이 한데 힘을 합쳐서 할 때 더 이상적인 결과를 낳을 수 있을 것이다. 오독誤讀과 그에서 기인한 오해誤解를 최대한 방지할 수 있기 때문이다.

이번에 기획한 「숨겨진 우리 소설 총서」는 이러한 문제의식에서 출발하였다. 연구가 진행되지 않은 작품을 선정하여, 작품을 함께 읽고 토의하는 과정은 전적으로 이야기문학연구회의 정례모임을 통해 이뤄졌다. 따라서 각 책의 주해자는 모두의 노력을 모으는 집합자의 성격이 더 강하다고 하겠다.

이야기문학연구회는 국민대학교에서 인연을 맺은 고전문학 전공자들의 모임으로 조희웅 선생님을 중심으로 꾸려졌다. 이 모임을 통해 지금까지 수십여 편의 작품을 검토하였다. 선생님의 정년을 맞아서 이 중 우선 다섯 편을 간추려서 중간 성과로 내놓는다. 앞으로도 이 시리즈는 계속 될 것이다. 선생님과 이야기문학연구회의 인연이 그러하듯이.

2010. 2.
이야기문학연구회

일러두기

본 총서는 다음을 원칙으로 하여 작업하였다.

1. 저본에 기록된 대로 입력하는 것을 원칙으로 하였다.
2. 저본의 쪽별로 구분하여 입력하였고, 쪽번호는 '1쪽'부터 시작하였다.
3. 쪽 구분은 빈 줄로 처리하였다.
4. 읽기 어려운 글자나 기타 사정으로 확인이 불가능한 글자의 경우 추측가능한 글자 수만큼 '□' 처리하였다.
5. 추측이 전혀 불가능한 경우나, 망실된 부분은 '□' 사이에 말줄임표로 표시하였다.
6. 오자(誤字)나 탈자(脫字), 오기(誤記)가 분명한 경우, 각주에 정자(正字) 표기를 밝혀 주었다.
7. 이해가 필요하다고 판단된 단어는 뜻풀이를 각주로 처리하였다.
8. 쉬운 단어의 경우 뜻풀이 없이 정자 표기만을 각주로 처리하였다.
9. 한자어의 경우 7.과 8.을 따르되 한자를 각주에 밝히었다.
10. 기타 설명이 필요하다고 판단될 경우 각주로 처리하였다.
11. '각설, 차설' 등으로 내용이 바뀔 경우에만 문단구분을 하였다.

12. 대사 부분은 " " 표시하여 별행 처리하였다.

13. 대사 부분과 8.의 경우를 제외하고 문단구분은 하지 않았다.

14. 대사 다음에 나오는 '하고' 등의 이어지는 말은 들여쓰기를 하지 않았다.

15. 대사 다음에 문장이 시작될 경우는 들여쓰기를 하였다.

〈양소저전〉은 주인공 양일점이 서모의 흉계로 집을 떠나 고생하다가 고난 끝에 좋은 배필을 만나 결혼하고, 뜻밖에 전쟁에 참여해 공까지 세워 부귀영화를 누린다는 이야기이다. 서모의 흉계로 집을 떠나게 되었다는 점에서 계모형 가정소설의 한 부류처럼 보이지만, 도사에게 도술도 배우고 전쟁에 참여해 공을 세운 점에서는 여성영웅소설의 한 부류로도 볼 수 있다.

서모의 흉계는 가정소설에서 흔히 발견되는 것처럼 아버지가 딸을 오해하도록 만든 것이다. 서모 허연성은 승학과 일점 남매를 없애고자 우선 이종사촌 몽랑에게 지시하여 일점을 겁탈하라고 시켰다. 일점을 겁탈하려 방에 숨었던 몽랑은 양봉에게 들키는 바람에 겁탈은 못하고 도망하였으나, 이로 인해 양봉은 딸 일점을 의심하여 사약을 내리게 되었다. 이때 오빠 양승학이 일점을 남복시켜 집을 내보내고 거짓 장례를 치름으로써 일점은 목숨은 구하나 고난의 길을 걷게 되었다.

집을 떠난 일점은 몇 번의 위험에 처하나 한 도인을 만나 병법과 도술을 7년 동안 배우고, 도사가 지시하는 대로 지리산 적덕촌 이 처사를 만나 이 처사의 아들 원실과 공부에 힘쓴다. 어느 날 우연히 일점이 여자임이 드러나 원실과 결혼하게 되고, 같이 과거까지 보게 된다. 일점과 원실은 서로 시지를 바꾸어 내는데 원실은 장원급제하고 일점은 차등을 하여, 원실은 전라도 순찰사를 일점은 양주목사를 제수받는다. 일점은 왕에게 자신이 여자임을 밝히고 오빠 승학으로 하여금 양주목사를 시켜줄 것을 청하자, 왕이 일점의 사람됨을 보고 허락하였다. 일점은 오빠와 상봉하여 부모님 제사를 올리고, 원실은 부임하여 몽랑의 일당을 잡아 처벌하였다.

여기까지만 본다면 주인공 양일점과 관련된 모든 문제가 해결되어 소설이 끝날 수도 있는 상황이다. 그런데 소설은 끝이 나지 않고 계속 이어진다. 우연히 병이 든 이 처사 부부가 운명하자 원실은 벼슬을 버리고 낙향하여 조용히 지낸다. 마침 중국에서 전쟁이 나고 천자가 청병하자 왕이 원실로 하여금 청병장으로 중국에 보내고, 일점도 동행하게 된다. 전쟁에 참여해 일점이 도사에게 배운 도술과 병법으로 승리를 한다. 이 과정에서 전장으로 가는 도중에 일점을 가르친 도사를 만나 백병(白甁), 옥저(玉箸), 갑주, 장검을 얻게 된다. 백병은 일점이 화공(火攻)으로 전쟁에서 승리할 수 있도록 만들고, 옥저는 원실이 잠시 주색에 빠졌을 때 정신을 차릴 수 있도록 한다. 전쟁에서 승리하고 본국에 돌아와서 원실과 일점은 자식을 낳고 부귀영화를 누리다 세상을 뜨게 된다.

〈양소저전〉에서는 여느 고전소설과 마찬가지로 '꿈'과 조력자가 일정한 기능을 한다. 일점의 어머니가 일점의 출생과 가연(佳緣)에 관해 꾼 꿈이나, 일점의 꿈에 어머니가 나타난 고생할 것을 알려준 것, 양봉의 꿈에 승려가 나타나 가화(家禍)가 있을 것을 알려준 것 등은 '꿈'이 작품이 앞으로 어떻게 진행될 것인지를 알려준 것이라 할 수 있다. 그리고 일점이 만나 도사는 일점이 후에 전쟁에 나가 공을 세우는데 지대한 역할을 하며, 또한 가연이 이루어지는 데도 역할을 한 셈이다. 일점은 도사의 말대로 처사의 집에 찾아가 공부를 하고, 또한 결혼까지 하게 된다. 이처럼 〈양소저전〉에서도 '꿈'과 조력자는 작품 전개에 필수적인 역할을 하고 있다.

그렇다고 〈양소저전〉이 다른 작품에 비해 두드러질 것 없는 작품은 아니다. 가장 주목할 점은 양일점의 변모이다. 양일점은 서모의 흉계에 빠졌을 때 어쩔 수 없이 아버지의 명대로 약을 먹고 죽으려 하는 전형적인 규중처녀이다. 하지만 오빠의 설득으로 남복을 하고 집을 나선 후 서서히 변해간다. 점쟁이가 나쁜 마음을 먹었을 때, 중들이 데리고 잔다고 하였을 때, 불목하니가 겁탈하려고 할 때 모두 스스로 슬기롭게 피해간다. 점쟁이에게는 수양자가 되겠다고 안심하게 한 후 도망하고, 중들에게는 옴이 오른 것처럼 해서 위기를 넘기고, 불목하니에게는 배탈이 난 것처럼 하여 위기에서 탈출한다. 이는 위기에 닥쳐서 한 임기응변으로 볼 수도 있으나 자신의 문제를 능동적으로 대처하기 시작한 것으로 볼 수 있다.

일점의 변모는 남편 원실이 과거를 보러 갈 때 같이 보러 가겠다고 시아버지를 설득한 것에서 분명해진다. 일점은 십여 년 공부를 하고도 과거 한번 보지 못한다면 죽어서도 눈을 감지 못할 것이라고 시아버지에게 말한다. 물론 일점은 아버지와 오빠의 생사여부를 핑계로 대며 눈물을 흘리며 말한다는 점에서 큰 변화가 아니라고 볼 수도 있다. 하지만 가부장제 사회에서 시아버지에게 자신의 뜻을 관철시키려 했다는 점이나 여자로 남자들이나 보던 과거를 보겠다고 한 것은 분명한 변화라 할 수 있다. 이는 수동적인 삶에서 자신의 생을 스스로 만드는 능동적 삶의 주인공으로 변하기 시작한 것이라 볼 수 있다.

일점은 이후에도 중국에서 청병하였을 때 임금에게 전장에 나갈 수 있도록 허락해 달라고 하여 결국 전쟁에 참여한다. 일점은 후군장이었으나 남편 원실보다 더한 공을 세운다. 일점이 공을 세울 수 있었던 것은 도사에게 병법과 술법을 배웠기 때문이지만, 달리 보면 여성의 남성과 대등하다는 인식의 반영이 없으면 불가능하다. 즉 전장에서 일점의 모습은 남성 중심의 가부장제 사회에서 수동적 삶을 살 수밖에 없었던 여성들이 자신의 삶에 능동적으로 관여하기 시작했음을 반영하는 것이라 이해할 수 있다. 또한 이러한 변모는 가정에서부터 시작하여 국가적 차원에까지 서서히 이루어지고 있었다고 볼 수 있다. 결국 조재현(「『양소저전』 연구」, 『국민어문연구』 10, 국민대 국어국문학연구회, 2002, 118쪽.)의 지적처럼 양일점을 통해 '수동적인 여인상에서 보다 활동성 있고 적극성을 겸비한 인물로 변화된 것이며, 이는 당시 주 독자층이이었던 부녀자들의 욕구를 어느 정도 염두에 둔 것'을 발견할 수 있다.

〈양소저전〉의 또 다른 특징 중의 하나는 설화와의 관련성이다. 설화는 고전소설의 모태로서 많은 고전소설에서 설화의 모습을 찾아볼 수 있다. 〈양소저전〉 역시 전반부의 내용이 '양주 승학교'(『양주군지』 상, 양주문화원, 1992, 1095~1096쪽.) 전설과 매우 흡사하다. 다만 다른 점은 오빠와 관련된 내용, 일점이 고생한 내용, 도사를 만나 수학한 내용이 없다는 차이가 있다. 그리고 이 '양주 승학교' 전설은 〈손없는 색시〉의 각편이라 할 수 있는 '黃花一葉'이란 설화와 유사하다. 이러한 사실로 볼 때 〈양소저전〉은 설화를 기반으로 하여 만들어진 작품이라 볼 수 있다. 다만 설화와의 차이점은 〈양소저전〉이 설화에서처럼 헤어진 가족과 상봉하는 것으로 끝나지 않는다는 데 있다. 〈양소저전〉의 후반부는 여성영웅소설로서의 면모를 갖고 있다. 이는 설화가 고전소설의 바탕이 되었지만 설화를 그대로 수용하는데 그치지 않고 있음을 보여준 것이다.

계모형 고전소설이 계모 설화를 바탕으로 등장하였고 영웅소설의 주인공을 여성으로 바꿈으로써 여성영웅소설이 등장하였다면, 〈양소저전〉은 이 둘을 새롭게 구성해 냄으로써 등장할 수 있었다고 본다. 즉 계모로 인해 집을 떠날 수밖에 없었던 상황을 여주인공이 영웅으로서의 면모를 닦을 수 있는 수련기간으로 설정한 것이 특이한 점이라 할 수 있다. 일점이 도사에게서 육도삼략을 비롯해 둔갑술 등을 배운 것은 납득하기 힘든 점이다. 왜냐하면 자신을 집에서 내쫓은 사람이 서모이기 때문이다. 간계로 자신을 쫓아냈으며 서모이지만 어머니이므로 일점은 서모를 절대 벌 줄 수 없다. 그렇다면 일점이 그런 것을 배운 데에는 다른 목적이 존재해야만 한다. 그

것이 바로 영웅의 면모가 드러난 〈양소저전〉의 후반부 때문이다. 전쟁에 나가 장수로서의 면모를 발휘하기 위해서는 여자이지만 병법과 무술을 배워야만 했기 때문이다. 그런데 계모로 인해 집에서 쫓겨난 일점이 갈 곳을 몰라 유랑했던 것은 영웅소설에서 주인공이 간신으로 인해 집안이 풍비박산되어 유랑하던 것과 흡사하다. 일점이 이때 병법과 무술을 배운 것은 우연히 도사를 만나서가 아니다. 일점은 작품의 후반부에서 영웅으로서의 면모를 보여주기 위해서 이때 필연적으로 병법과 무술을 배웠어야만 했다.

〈양소저전〉은 현전하는 이본도 많지 않고, 연구의 대상이 된 적도 드물다. 그만큼 널리 알려지지 않은 작품이다. 하지만 읽어보면 재미를 느낄 수 있는 작품이다. 계모의 악행이나, 여주인공의 고난과 사랑, 형제간의 우애, 악인의 징치, 흥미로운 군담 등이 잘 어울려 있다. 게다가 계모 설화를 바탕으로 여성영웅소설의 면모를 보여줌으로써 고전소설사에서도 흥미로운 대상임에 분명하다.

1쪽

  대송[1] 원풍[2] 말에 해동 실나국[3]에 일위 재생[4]이 잇스니 승[5]은 양이요, 명은 봉이요, 자는 운서라. 대소[6] 명문거족으로 소년등과[7]하야 벼살이 대승상에 이르매 세상에 그리울 것이 업고, 부인 임씨 연광[8] 사십에 일자일녀를 두웠으되 남자의 명은 승학이요, 여자의 명은 일점이라. 그 딸 나을 적에 하원[9] 명월누에서 일몽[10]을 으드니 하날로서 일쌍[11] 선녀가 머리에 화관[12]을 쓰고 명월패[13]에 운무한장[14]을 입고 좌수에 홍도화[15] 일지[16]를 쥐고, 우수에 이화[17] 일지를 쥐고 부인 압헤 나려와 이르대,

  "태을션관[18]계압셔 이 꼿[19] 두 가지를 가지고 인간에 하강하야 적슨[20]

※ 나손본 필사본고소설자료총서 28(보경문화사, 1991)에 실린 것을 저본으로 하였다.
1) 대송(大宋) : 서기 960년부터 1279년까지 중국에 존재하던 나라. 조광윤(趙匡胤)이 세움
2) 원풍(元豊) : 중국 송나라 6대 신종(神宗) 때의 연호. 1078~1085에 해당.
3) 송 때이므로 고려라고 해야 맞다. 여기서는 우리나라를 지칭하는 말로 이해하면 된다.
4) 재상(宰相).
5) 성(姓).
6) '대저'로 보는 것이 좋을 듯하다. 대저(大抵) : 대체로 보아.
7) 소년등과(少年登科) : 젊은 나이에 과거에 급제함.
8) 연광(年光) : 나이.
9) 화원(花園).
10) 일몽(一夢) : 한 자리의 꿈.
11) 일쌍(一雙) : 한 쌍.
12) 화관(花冠) : 칠보로 꾸민 여자의 관.
13) 명월패(明月牌) : 둥근 달처럼 생긴 노리개.
14) '운무화장'인 듯하다. 운무화장(雲霧華長) : 구름과 안개가 수놓인 화려한 장의.
15) 홍도화(紅桃花) : 붉은 복숭아 꽃.
16) 일지(一枝) : 가지 하나.
17) 이화(梨花) : 배꽃.
18) 태을선관(太乙仙官) : 생사를 관장한다고 알려진 선관.
19) 꽃.
20) 적선(積善) : 착한 일을 많이 함.

하는 부인을 차자주라 하옵기 두로 단니더니 맛참네 부인게로 지시하시기 왓사오니 좌수에 도

화를 밧삽거나 우수에 이화를 밧삽거나 부인 마음대로 바드소셔.”
하거늘 부인니 이화를 탐네여 바드니 션여가 이로대,
    “도화일지는 양가여²¹⁾요, 이화일지는 이아랑²²⁾이오니 일후에 가연²³⁾를 일치 말라.”
하고 옥져를 (불며가니)²⁴⁾ 부인니 놀라 깨다르니 일장춘몽이라. 승상으로 더부러 몽사²⁵⁾를 기록하고²⁶⁾ 가중보옥²⁷⁾갓치 사랑하시드니 시운²⁸⁾이 불행하여 우연 득병하여 백약무효²⁹⁾라. 천명을 웃지하리요.³⁰⁾ 부인니 이지³¹⁾ 못할 줄 알고 승상을 청하여 갈오되,
    “승학 성취³²⁾함과 일졈에 장성함을 보지 못하고 구천지하³³⁾에 도라가오니 원한니 깁사오니 대감은 승학 남매를 귀히 길너 셰상에 자미³⁴⁾를 보소셔.”
하고 인하야 명이 진하니³⁵⁾ 일가망극³⁶⁾하고 승학과 일졈의 애해지졍³⁷⁾과

---

21) 양가녀(楊家女) : 양 씨댁 딸.
22) ‘이가랑(李家郞)’이 정확할 듯하다. 이가랑 : 이 씨댁 아들.
23) 가연(佳緣) : 부부관계나 연인관계를 맺게 될 연분.
24) 글자가 오른쪽 일부분만 보이나 문맥상 ‘불며가니’로 보는 것이 좋을 듯하다.
25) 몽사(夢事) : 꿈에 나타난 일.
26) 이후 아들 승학과 딸 일졈을 낳는 과정이 필사과정에서 누락되었다.
27) 가중보옥(家中寶玉) : 집안의 보석.
28) 시운(時運) : 시대나 그 때의 운수.
29) 백약무효(百藥無效) : 모든 약이 효험이 없음.
30) ‘하’자가 중복 필사되었다.
31) ‘이겨내지’ 또는 ‘(천명을) 거역하지’의 의미.
32) 성취(成娶) : 장가를 들어 아내를 얻음.
33) 구천지하(九天地下) : 죽은 뒤 넋이 돌아가는 곳을 이르는 말.
34) 재미.

긋읍시[38] 지통[39]은 어른도 싸르지 못할려라. 션산에

3쪽

안장[40]하고 세월를 보녤세 승상이 나지면[41] 승학을 가라치고, 밤이면 일점을 가라치고 일점의 나히 비록 십 셰나 총명과 재덕이 과인[42]하야 하나를 가라치면 열 가지를 아난지라. 승상니 과도[43]히 매양 사랑하시고 날마다 그 어머니 읍시믈 한탄하더라. 승상의 희첩[44] 허 씨는 본데 김해셩 게생[45] 연션이라. 삼십 전, 원내[46] 천승[47]이 어질지 못하야 부인 게실 쌔부터 시기함은 일점을 미워하더라. 승상이 주야로 과도히 사랑하심을 보고 보난 데는 거짓 사랑하는 체 하고 심중에는 매양 시기하야 해코저 하되 게교를 웃지 못하야 근심하더니, 잇째 맛참 김해셩에 온 아해 셩은[48] 몽안은 져의 이종 사촌이라. 연광이 십육 셰요, 백사[49]에 민첩하고[50] 호첩[51]한지라. 연션

---

35) 진(盡)하니 : 끊어지니, 죽으니.
36) 일가망극(一家罔極) : 온 집안이 몹시 슬퍼함.
37) 애해지정(愛海之情) : 바다와 같이 깊고 넓게 사랑하는 마음.
38) 끝없이.
39) 지통(至痛) : 몹시 심한 고통.
40) 안장(安葬) : 편안하게 장사 지냄.
41) 낮이면.
42) 과인(過人) : 능력, 재주, 지식, 덕망 따위가 남보다 뛰어남.
43) 과도(過度)히 : 정도에 지나치게.
44) 희첩(姬妾) : 첩.
45) 기생(妓生).
46) 원래.
47) 천성(天性) : 타고난 성격이나 성품.
48) 문맥상 잘못 필사된 것으로 보인다. '성은 김이요, 이름은 몽안은'의 형식에서 '김이요, 이름은'에 해당하는 부분이 필사 중 누락된 것으로 보인다.
49) 백사(百事) : 모든 일.
50) '하'자가 중복 필사되었다.
51) 호첩(狐捷) : 여우처럼 간사하고 빠름.

이 문득 생각하야 계교 닉여

4쪽

몽낭을 불러 가로되,

"이 댁 문하에 와 의지함은 나를 바라미라. 나 읍시면 너도 헛된 사람될 거시오, 너 읍시면 나도 뉘를 대하야 심간[52] 깁푼 정을 말할가. 내 심복지심[53] 잇셔 너로 하야금 풀고져 하노니 네의 소견에 웃더하요?"

몽낭이 대왈,

"무삼 말삼인지 모르건이와 우리 남매 수철리[54] 타항에 와 수화[55] 즁이라도 사생을 가치 하야거던 웃지 사양하리요. 자세히 이를소서."

연션이 대희하야 가로되,

"내 행할 계교는 무타[56]라 네게는[57] 온동자 부쳐의 가실[58]를 쎄내미요, 네게는 절대가인을 웃어 백연동낙[59]하리니이, 네 말삼을 누셜치 말고 우리 심즁에만 먹고 남매 오히려 대한[60]을 만낼 거스니 부대부대 조심하야 귀신도 모로게 하야라."

몽낭의 본대 호첩한 아해라. 듯기를 청하거늘 연션니 몽

---

52) 심간(心肝) : 심장과 간장을 아울러 이르는 말. 즉 마음.
53) 심복지심(心腹之心) : 마음 속 깊이 품은 마음.
54) 수천리(數千里).
55) 수화(受禍) : 재앙.
56) 무타(無他) : 다른 까닭이 아님.
57) 문맥으로 볼 때 '내게는'의 오기이다.
58) 가시.
59) 백년동락(百年同樂) : 부부가 되어 한평생을 같이 살며 함께 즐거워함.
60) 대한(大恨) : 막심한 후회.

낭의 귀에 대히고 이로되,

"하방[61] 천인으로 승상에 총예[62]하심을 입어 부귀극진하더니 내의 춘광[63]은 늘거가고, 쌀이 정의[64] 날로 달라 참소[65]하고 내의 전정[66] 위태한지라. 내 먼저 죄를 이 집에 용납게 못함만 갓지 못하니 이리이리 하면 나난 병이 들고 너는 복이 될 거스니 부대 조심하야 일을 행하야라."

잇때는 춘삼월이라. 일점이 화원 춘경을 구경코자 하야 옵바[67] 승학을 청하야 한가지로 후원 명월누[68]에 올나 사면을 살펴보니 백화[69]는 자자하고 만수[70]는 의의[71]한지라. 그 경치 풍경을 다하고 각각 쳐소로 도라와 일점이 잠간 조의더니 비몽사몽간에 부인이 와 이로대,

'너 오날 지은 글이 불길하고 내일 밤에는 간인[72]의 계교에 빠질 거시니 부대 죽지 말고 남으로 오육 년 엑운[73]은 지내라[74].'

하시고 용모를 어루만지며 우다가 깨다르니 사창 일몽이라. 예[75] 없는

---

61) 하방(遐方) : 서울에서 멀리 떨어진 지방.

62) 총애(寵愛) : 귀여워하고 사랑함.

63) 춘광(春光) : 젊은 사람의 나이.

64) 정의(情誼) : 서로 사귀어 친하여진 정.

65) 전정(前程) : 앞길.

66) 참소(讒訴) : 남을 헐뜯어서 죄가 있는 것처럼 윗사람에게 고함.

67) 오빠.

68) 명월루(明月樓).

69) 백화(百花) : 온갖 꽃.

70) 만수(萬樹) : 온갖 나무.

71) 의의(依依) : 풀이 무성하여 싱싱하고 푸름.

72) 간인(奸人) : 간사한 사람.

73) 액운(厄運) : 액을 당할 운수.

74) '피해 지내라'라는 의미.

75) 예(例) : 평소.

청조[76]가 소졔[77]를 향하여 울거늘 일졈이 새 소리를 셰겨 드르니,

'동풍에 도라장거 무삼 일고. 타향일수화가 시러지고, 침상현시춘몽중에 행진강남수쳘이라.'[78]

울거날 일졈이 마음에 놀닉여 고히 여기더라. 이날 밤에 승상니 승학을 가라치고 별당의 드러가 일졈의 옥수[79]를 잡으시고 가라사대,

"너의 남매 오날 화원에서 지은 글을 드리라."

하니 승학이 소매로셔 시축[80]을 내어드린데, 승상이 보시고 근심하야 왈,

"이제 아침 명월누라 명월누가 밀로조차 기우려 질 거시오, 변화가 문노니 멋 때야 하야스니 장네[81] 몸이 귀히되리라."

하시고, 또 일졈의 글을 보시다가 놀래시고 추연[82] 탄왈,

"네를 팔 세에 어미 일코 지금 연광이 십오 세에 당하여스니 너와 갓흔 배필을 구하야 실하의 자미[83]를 볼가 하여더니 네가 여자로셔 필경 원방

츄립[84]니 잇슬 거시니 죽을 액을 당하엿도다."

하시고 못내[85] 염여 무궁하시더라. 대감이 달이 기운 후에 연션의 방으로

---

76) 청조(靑鳥) : 꾀꼬리.
77) 소졔(小姐) : 아가씨.
78) 봄바람이 불어와 오랫동안 머무는 것은 무슨 일이던가? 타향에서 받은 꽃 하나 시들고, 잠자리에서 꾼 꿈에 보이니 강남 수천 리를 가고 있구나.
79) 옥수(玉手) : 여성의 고운 손.
80) 시축(詩軸) : 시를 적는 두루마리.
81) 장래(將來).
82) 추연(惆然) : 처량하고 슬픔.
83) 슬하의 재미 : 결혼하여 아이를 낳고 사는 즐거움.
84) 원방출입(遠方出入) : 먼 지방에 들고 나는 일.
85) 못내.

도라가시니 연션니 이려나 마저 좌증86) 후에 잉무반 유리잔에 감노주87)를 다시하게88) 데워 수삼 배를 드리고 쳔언89)한 빗철 공교(工巧)90)한 말로 이르대,

"첩이 상공 문하에 드러와 지금 십여 언91)니 되오니 승학 남매 아가를 닉의 기출92)갓치 섬기고 추호93)도 두 가지 마음이 읍건만은 오날날 화원에셔 져에 남매 도망하야 승공이 첩을 닉치리라 하고 백 가지로 해할 계교를 의논하야사오니 상공은 첩을 살피소셔. 그른 일이 잇거든 지금이라도 첩이 감수할 거시니 원컨대 살피소셔. 일후에 만일 불슨한 일이 잇거든 되로혀 상공의 의심이 잇갯사오니 부대 깁히 세아리소셔. 아모날 밤 일졈의 글 소래 밤이 깁도록 읍거늘 해

8쪽

혀나94) 불평한가 하야 차과95)를 가지고 나아가니 별당에 등촉이 희미하고 일졈이 읍거늘 고이하야 도로 나와 명월누 아래 주저주저하더니 협방96)으로 일개 션동97)니 나려오다가 첩을 보고 극히98) 자하원99) 소각문100)으

---

86) 좌정(坐定) : 자리를 잡아 앉음.
87) 감로주(甘露酒) : 소주에 용안육, 대추, 포도, 살구 씨, 구기자, 두충, 숙지황 따위를 넣어 만들 술.
88) 다사하게 : 조금 따뜻하게.
89) 쳐연(悽然) : 애달프고 구슬픔.
90) 공교(工巧) : 솜씨나 꾀 따위고 교묘함.
91) 년.
92) 기출(己出) : 낳은 자식.
93) 추호(秋毫) : 가을에 짐승의 털이 가늘다는 뜻으로, 아주 적거나 조금인 것을 비유적으로 이르는 말.
94) 행여나.
95) 차과(茶果/茶菓) : 차와 과일/차와 과자.
96) 협방(夾房) : 곁방.
97) 션동(仙童) : 선경에 살면서 신선의 시중을 든다는 아이. 여기서는 사내를 지칭

로 다라거늘[101] 첩이 못본 체하고 도로와 상공게 고하랴 하다가 다시 생각
한 즉 남매의 셔첩[102]이 되야 중참[103] 읍는 말을 고하면 상공게셔라도 첩
이 참소한다 하실 거시오, 비복[104]이라도 첩의 간격한 흉계[105] 할 거시여
늘 전후 사실을 자세히 알고 고하랴 하야더니 맛참 그씨에 자하원 소각문
으로 지니더니 한 장 글봉이 소각문 틈에 씌여거늘 가저왓나이다. 상공은
보옵소셔."

하고 내노코늘 상공이 쎄여보니 하여스되,

'슬푸다 죠물이 시하고[106] 호사대미[107]라. 어제밤에 나오다가 명월누
압헤셔 웃던 부인니 마죠나오다가 수상히 피

9쪽

하여사오니 만일 누설하면 소제 죽기를 면치 못할 거시오, 연선에 모해[108]
날로 더할 거스니 이팔청춘에 웃지 헛도히 죽으리요. 소제가 늬 뒤를 싸르면
백연 깁흔 글실[109]을 이룰 거시니 부듸 어기지 말고 늬 뒤를 따르라.'

하고 글 한 귀를 썻거늘 하야스데

'원이 만부셔이요 장의에 당장 도라'[110]

　　　하는 말로 사용됨.
 98) 급히.
 99) 자하원(紫霞園).
100) 소각문(小角門) : 조그만 일각 대문.
101) '다라나거늘'에서 '나'자가 빠졌다.
102) 서첩(庶妾) : 아버지의 첩.
103) 증참(證參) : 참고가 될 만한 증거.
104) 비복(婢僕) : 계집종과 사내종을 이르는 말.
105) '흉계라'에서 '라'자가 빠졌다.
106) '시기하고'에서 '기'자가 빠졌다.
107) 호사다마(好事多魔) : 좋은 일에는 방해되는 일이 많음.
108) 모해(謀害) : 꾀를 써서 남을 해침.
109) 금실(琴瑟) : 부부간의 사랑.

"셜혹 명월누에서 져의 남매 의논하야기로 네가 웃지 외인111)이 츄립112) 하여 이 봉셔난 필경 시비 즁 소위113)여늘 웃지 방셜 갓흔 여자의게 이런 누셜114)을 깃치리오. 다시 알면 말을 누셜하면 너를 즁죄를 주리라."115) 하시니 연션이 엄숙116) 딕왈

"이로키오117) 남의 첩이 엇지 원통치 아니하리오. 명월누에셔 져의 남믹 츈경을 구경하얏다 하기로

10쪽

두견주118) 일 배119)에 차과를 가초와 여달 살 먹은 춘향으로 보닉엿더니 저의 남믹 춘향이 어리다고 와심120) 안고 완연히 의논하야스니 춘향이 어린 소견에 웃지 그짓말 하오며, 연당이 깁다하오나 자하원 소각문이 닉당에 셔 철 이121) 갓사오니 외인 추립을 웃지 아오며, 시비 즁 읍난 하연니122) 잇다하기로 봉셔123)가 져의 추립하는 문에 잇스며, 우물가에나 잇슬 거시 어늘 웃지 소각문에 잇스리오. 첩은 생각하건딕 사부딕 가문에 취셩124) 젼

---

110) 필사 즁 몇 줄이 빠진 듯하여 의미를 알 수 없다.
111) 외인(外人) : 바깥 사람.
112) 출입(出入).
113) 소위(所爲) : 소행.
114) 누셜(陋說) : 더러운 말.
115) 승상의 말이나 문맥이 자연스럽지 않은 것으로 보아 몇 구절이 빠진 듯하다.
116) 엄숙(嚴肅) : 분위기가 장엄하고 정숙함.
117) 이렇기로.
118) 두견주(杜鵑酒) : 진달래꽃을 넣어 빚은 술.
119) 배(杯) : 잔.
120) '의심'의 오기인 듯하다.
121) 천 리.
122) 하인이.
123) 봉셔(封書) : 겉봉을 봉한 편지.
124) 취셩(娶成) : 결혼하여 가정을 이룸.

파하면 상공의 청덕125)을 드려를가126) 함이어늘 오히려 의심을 바드니 웃지 외달지127) 아니하리요. 상공은 첩의 말을 밋지 아니ᄒ시거든 ᄂᆡ일 밤에 연당에 가시여 외인 동정을 살피소서."

하며 승상 쯧을 경종128)케 ᄒ니 승상니 츙음129)

11쪽

ᄒ다가 가라딕,

"너는 자셔니 아지 못ᄒ는 일을 경흘히 누셜치 말라."

하시고 외당에 나오시나 마음에 수상히 여기시더라. 슬푸다 속언130)에 이르기를 소첩은 난가지본131)이라 하더니 과연 올토다. 승학은 외당에서 젼일 몽사만 생각하고, 연션은 몽낭을 다리고 흉계132)를 생각하고 왈,

"너는 내일 황혼이 되거든 어기지 말고 자하원 소각문에 와 기다리라. 나는 명월누에 가셔 뒤로 도라 소각문을 열 거시니 너난 드러와 화계133)의 숨었다가 대감 단겨나오신 후에 일졈에 방에 가 동셕낙134)을 이루고 졍이 깊거든 도망하면 읏이135) 옛날 사마장경136)이 탁문군의 금실도 지흥을 부

---

125) 청덕(淸德) : 청렴하고 고결한 덕행.
126) 더럽힐까.
127) 애닯지.
128) 경종(警鐘) : 잘못된 일이나 위험한 일에 대해 경계하여 하는 말을 비유적으로 이르는 말.
129) 청음(聽音) : 소리를 들음.
130) 속언(俗諺) : 예로부터 전하여 내려오는 말.
131) 난가지본(亂家之本) : 집안을 어지럽히는 근본.
132) 흉계(凶計).
133) 화계(花階) : 화단.
134) 동석낙(同席樂) : 함께 자리를 하는 즐거움. 즉 남녀간의 육체적 즐거움.
135) 어찌.
136) 사마장경(司馬長卿, BC179~BC117) : 장경은 자이며, 이름은 상여(相如)이다. 탁문군(卓文君)과의 사랑으로 유명하다.

러워하리요.”

하니 몽난이 히히낙낙하고 명일 황혼을 기다리더라. 잇튼날 승상이 궐내에 입시하였다가 집에 도라 외당에 앉었더니 연션이 독주를 큰 잔에 가득히 부워 별노히137) 안주 갓초

12쪽

와 권하니 승상이 마신 후에 연션의 손을 자부시고 칭찬하야 가라사대,

　“너는 읏이하여138) 내 비위를 꼭 마치나요?”

하시고 희롱하다가 잠이 드시니 임이139) 황혼이라. 연션이 소각문을 여러 노코 일점을 청하야 대감 진지상을 함게 올이자 하거늘 일점이 또한 부친 술 취하심을 민망이 여기다가 연당으로 나가이라.

　잇씩 몽낭이 협방에 가만히 드려가 안자서 혼자말로 이로대,

　“오날날 내가 일을 생각건대 동방화촉140) 침밤141) 밤이로다. 져 원왕 금침 잣비개142)에 우우지낙143)을 이루워스면 당명황144)이 칠월칠석 장생 전145)에 깁흔 맹세와 초양왕146)의 조운모우147)와 양대148) 상의 노이든149)

---

137) 특별히.
138) 어찌하여.
139) 이미.
140) 동방화촉(洞房華燭) : 혼례를 치르고 첫날밤에 신랑신부가 자는 의식을 이르는 말.
141) ‘침방(寢房)’의 오기이다.
142) 잣베개 : 색색의 헝겊 조각을 조그맣게 고깔로 접어 돌려 가며 꿰매 붙여 마구리의 무늬가 잣 모양으로 되게 만든 베개.
143) 운우지락(雲雨之樂) : 남녀가 육체적으로 관계하는 즐거움.
144) 당명황(唐明皇) : 중국 당나라 현종(玄宗)의 시호.
145) 장생전(長生殿) : 중국 청나라의 홍승이 지은 장편 희곡. 당 현종과 양 귀비의 사랑을 그린 작품.
146) 초양왕(礎襄王).
147) 조운모우(朝雲暮雨) : 남녀간의 언약이 굳은 것, 또는 남녀간의 정교를 이르는 말.
148) 양대(陽臺) : 해가 잘 비치는 대라는 뜻인 동시에 은밀히 나누는 사랑을 이르는 말.

정을 웃지 다 기록하리요."

하더라. 대감이 석반150)을 물인 후 일점은 연당에 도라151) 등하에 무심히 안져 시젼152)을 일그되,

'도지요요여 기엽진진이로다. 지자우귀여 외기가인이로다.'153)

홍이라154) 하거늘 몽낭니 협방에서 엿보니 처량한 소래가

13쪽

옥을 씨치는 듯 천연흔 태도난 홍연하155)가 이슬에 저짐과 갓더라. 몽낭의 정신이 황홀하여 밋틀 듯 취한 듯 좌불안석일려라. 이으고156) 대감이 드려오거늘 일점이 마자 좌증 후에 가라사대,

"너난 소학을 송득157)하라."

하시고 협방문을 열고 드려가시니 몽낭이 정황 급박하야 대감에 가심을 밀치고 창문으로 다라거늘158) 대감이 정신이 아득하야 쌍에 업더져다가 이러나니 일점이 의외에 불의지변을 당하니 혼불무신159)하여 대감을 군한니160)

---

149) 놀던.
150) 석반(夕飯) : 저녁밥.
151) '도라와'에서 '와'자가 빠졌다.
152) 시젼(詩傳) : 시경(詩經)의 내용을 쉽게 풀이한 책.
153) 도지요요(桃之夭夭)여 기엽진진(其葉蓁蓁)이로다. 지자우귀(之子于歸)면 의기가인(宜其家人)이로다 : 요요한 복숭아 그 잎도 싱싱하구나 이 아이가 시집을 가면 그 집안이 즐거우리. 『詩經』 국풍(國風) 주남(周南)에 실린 〈도요(桃夭)〉의 마지막 연.
154) 문맥이 맞지 않는 것으로 보아 필상 중 일부가 누락되었다.
155) 홍련화(紅蓮花) : 붉은 빛깔의 연꽃.
156) 이윽고.
157) 송독(誦讀) : 소리를 내어 글을 읽음.
158) '다라나거늘'에서 '나'자가 빠졌다.
159) 혼불무신(魂不無神) : 혼이 없고, 정신이 없음.
160) 구하니.

대감이 정신을 슈습하여 묵묵히 말삼 아니하고 나오신니라. 본대 승품이 급급하시고 억흑하신지라. 웃지 큰 변이 나지 안할리요. 일점은 죽난 줄로 대령하고 눈물만 흘이고 하날을 울우려 탄식할 쑨일너라. 대감이 외당에 나와 노긔츙천161)하야 승학을 급히 불너 가라사데,

"너

14쪽

의 남매를 어려셔 어미를 어히고162) 네가 별로히163) 사랑하야 길려더니 일점의 망측한164) 거슬 늬 목도165)에 보왓노라. 이런 요믹166)한 여식167)을 두웟다가 문호168)에 욕을 면치 못함169) 남의 우슴만 바드리요. 너는 밧비 약그릇슬 가지고 연당으로 가라."

하시니 승학니 질셩170) 체읍171)하거늘 대감이 더욱 분도172)하시며,

"네 부명173)을 억이면 경각174)에 너외 남믹를 죽이고 나조차 죽을 거스니 밧비 드러가라."

하신딕 승학이 마지 못하야 약그릇슬 가지고 연당으로 드러가니라. 슬푸다,

---

161) 노긔츙천(怒氣衝天) : 화가 하늘을 찌를 듯이 머리끝까지 치받침.
162) 여희고.
163) 특별히.
164) 망측한.
165) 목도(目睹) : 목격. 여기서는 목전(目前)의 의미임.
166) 요매(妖魅) : 사람을 홀릴 정도로 요사사러움.
167) 여식(女息) : 딸.
168) 문호(門戶) : 대대로 내려오는 그 집안의 사회적 신분이나 지위.
169) '못하고'의 오기인 듯하다.
170) '실셩(失性)'의 오기인 듯하다.
171) 체읍(涕泣) : 눈물을 흘리며 슬피 움.
172) '분노(憤怒)'의 오기인 듯하다.
173) 부명(父命) : 아버지의 명령.
174) 경각(頃刻) : 아주 짧은 시간.

딕감 갓흔 지각으로 첩외 간계에 빠자 백옥 갓흔 일졈을 약으로 죽이랴 하니 무지한 인생덜이야 이로조차 무웃하리요. 승학이 연당에 이르니 일졈이 반셕 딕경기졀하거늘 승학이 가심이 터지는 쯧하야 약을 등잔 뒤에 노코 일졈을 어르만지며 왈,

"일졈아 모친이 세상을 바리신 후에 남매 셔로 의지하야 사라낫스니 네가 죽어도 가치

15쪽

죽자."
하고 통곡하니 일졈이 이려나시 꾸러안지며 왈,

"옵바175) 그거시 어인 말삼이요? 날 갓흔 여자를 하로도 백이 죽어도 아갑지 안커든 옵바는 웃지 동기지졍176)만 생각하고 그런 말삼하시오. 만 팔십 된 부친과 수딕 조상향화177)는 생각지 아니하시난이가? 또 부명이 잇거든 웃지 잠시라도 지체하리요. 약을 밧비 주소셔."
하니 승학이 약을 아니가져온 체하고 위로 왈,

"아모리 부명이 지중한들 무죄한 너를 죽난 거슬 늬 웃지 보리요. 명쳔이 소소178)하니 아모조록 잔명을 보존하얏다가 보복지이를 쾌히 봄이 가한다. 또한 부친니 지금 노망179)하시고 본치지감180)이 게시니 오래지 아니하야 후회막급하실 거스니 너는 잠간 권도181)를 행하얏다가 부친 생전에 다시 뵈오면, 이도 쏘한 회생이니 부딕 늬 말을 드르라."

---

175) 오빠.
176) 동기지정(同氣之情) : 같은 부모를 둔 자식들 사이의 정.
177) 조상향화(祖上香火) : 조상들의 제사.
178) 소소(昭昭) : 사리가 밝고 또렷함.
179) 노망(老妄) : 성이 나서 망령을 부림.
180) 본치지감(本恥之感) : 본래부터 부끄러워하는 감정.
181) 권도(權道) : 임기응변으로 일을 처리하는 방도.

소제 승학의 목을 안고 왈,

"방연182) 십오에 당하야

16쪽

불효를 씨치고 귀문에 나지 안타가 어듸 가면 살기를 웃지 바라며, 여자 행색으로 도로허 무궁곤욕183)을 당할 거시니 차라리 지금 죽어 모친 뒤를 조차 지하에 놀면 닉게는 큰 영광이어늘 옵바는 이연한 졍을 생각지 말고 주옵소셔."

한이 승학이 흉격184)이 막혀 위로 왈,

"옛날 사정욱185)도 망측한 누명을 쓰고 강남에 도망하야다가 칠 연을 고생하고 일후를 기다리미 올토다. 지금 너 죽으면 나도 또한 지금 함게 죽게스니 닉 말을 조차 그런 마음 먹지 말라. 너도 살고 나도 살아 다시 천행186)으로 다시 맛나면 나도 한 델 비 읍고187) 너도 또한 한 딀 비 읍고 부모혼령이 감동할 거시니 후회 읍게 하라하라188)."

하고,

"네가 직금 남복189)을 입고 밥비190) 도망하면, 밧비 금침191)으로 수렴192)하야 종적을 알 게 할 거스니 닉 말딕로 그리하라."

---

182) 방년(芳年) : 이십 세 전후의 한창 꽃다운 나이.
183) 무궁곤욕(無窮困辱) : 어려운 일이 수도 없이 많음.
184) 흉격(胸膈) : 가슴과 배 사이.
185) '사정옥'의 오기인 듯하다. 사정옥은 〈사씨남정기〉의 주인공.
186) 천행(天幸) : 하늘이 준 행운.
187) 한 델 비 읍고 : 한 될 바가 없고.
188) '하라'가 중복 필사되었다.
189) 남복(男服) : 남자의 옷.
190) 바삐.
191) 금침(衾枕) : 이부자리와 베개를 아울러 이르는 말.
192) 수렴(收斂) : 물건 따위를 거두어들임. 여기서는 뒷수습을 한다는 의미.

하니 일점이 듯지 안코,

"옵바는 밧비 약그릇슬 주

소서"

하고 차지이 승학이 몬저 약을 들고 왈,

"차라리 먼저 죽어 너 죽난 양을 보지 안하리라."

하고 약을 입에 듸거늘 일점이 급히 달여드려 두 손으로 약그릇슬 잡고 왈,

"옵바는 이거시 웬일이시오. 아바님이 나를 죽으라고 사약[193]하셧지요. 옵바 죽으라고 하셧소."

입을 약에 마조 듸거늘 승학니 약그릇슬 땅바닥세 던지니 일점이 땅에 입을 듸거늘 승학이 일점을 꾸러붓잡고 궁굴며 왈,

"애고애고 하나님도 야속하고, 귀신도 답답하고, 어마님 혼령도 답답하다. 천하에 몹쓸 흉계에 싸자 우리 남매 죽난 줄 모르난고."

하며 기절하야 일점이 할일읍서,

"옵바, 일러나오. 옵바 하라는 데로 하오리다. 어셔 이러나오."

하거늘 승학이 이러나셔 저의 의복을 닉어 노코 남복을 식기로난이[194] 압히 침침 어두워가고 흉중에 소사나오난 눈

물이 의복을 적시며,

"늬가 너를 이별한 후에 뉘로 더부러 정담[195]하리요."

---

193) 사약(賜藥) : 독약을 내림.
194) 시키고 나니.
195) 정담(情談) : 마음에서 우러나는 진정한 이야기.

눈물이 비오 듯하더라. 약간 경보[196]를 늬여 보에 싸고,

"어서 떠나라."

하고 일졈을 익글고 문을 열고 나와 하원[197] 소각문으로 자최 읍시 나오니 임의 평야에 다다르니 천지도 참담하고 강산이 젹막하되 서산에 걸인 달은 빗치더라. 이리저리 나갈 젹에 나무 사이에 부는 바람은 슝옥이가 스허하더라[198]. 원촌[199]에는 개가 짓고 근촌[200]에는 달기[201] 울거늘 승학이 일졈의 손을 잡고 딕셩통곡은 못하고 은근히 울며 왈,

"너는 동서남북에 마음딕로 가라. 너 간 후에 다시 보기 어려워라. 아모조록 사랏다가 생젼의 다시 만나 동기졍을 이루게 하라."

일졈은 눈물을 금지 못하야 옥수로 승학을 붓잡고,

"옵바는 스모[202] 간게에 빠지지 말고 부딕 미시고 평안히 게시옵소셔. 나난 스모 간게에 죽을 목슴을 옵바

19쪽

가 살여보네니 어딕 가셔 주인을 증하며[203], 어딕 가셔 유숙할고?"

하며 대셩통곡하니 승학이 일졈을 위로 왈,

"어서 떠나라."

하고 길을 갈라서서,

"부딕부딕 조심하야 가라."

---

196) 경보(輕寶) : 몸에 지니고 다니기 쉬운 가벼운 보배.
197) '자하원'에서 '자'자가 빠졌다.
198) 슬퍼하더라.
199) 원촌(遠村) : 멀리 떨어져 있는 마을.
200) 근촌(近村) : 가까운 마을.
201) 닭이.
202) 서모(庶母).
203) 주인(主人)을 정하며 : 하숙할 집을 정하며.

하고 뒤도 아니 도라보고 도라오니라. 일점은 한 거름204)에 도라보고 두 거름에 도라보니 승학은 본 체 만 체 바로 연당에 드러와 일점의 금침으로 수렴하야 관곽205)을 가초와 비복을 부려 미히고셔 문으로 나와 모친 묘하에 뭇고 산소에 올라가 방셩딕곡206)하니 노상 행인니 뉘 아니 슬허하리요. 남매 이별할 대 더하더라. 이윽고207) 눈물을 거두고 드러와 외당에 나아가 부친게 배은딕208) 비록 분을 풀이지 아니하나 눈물니 미간209)에 흔적이 잇더라.

잇씨에 연션니 승학에 손을 잡고 체읍 왈,

"늬가 그딕 남미를 섬기기를 늬 기출210)이나 다름읍시 길러더니 무삼 일로 일조211)에 그름자도 다시 보지 못하니 슬픔을 웃지 다 층양하리요."

20쪽

연션은 것츠로난 슬허하고 닉심 즘 못닉 상쾌히 여기더라. 이후에 더욱 교양212)하야 승학을 마조 읍사키라213) 하고 무수히 딕감게 참소하야 승학을 용납지 못하게 하더라. 연션이 일일은 몽낭을 청하야 왈,

"일점으로써 배필을 삼고자 하야더니 네 복이 즉엇도. 그러나 승학은 늬 간겐214) 줄 짐작하고 노복도 늬에 게곤 줄 짐작하고 할 터이니 일후 만일

---

204) 걸음.
205) 관곽(棺槨) : 시체를 넣는 속 널과 겉 널을 아울러 이르는 말.
206) 방성대곡(放聲大哭) : 큰 소리로 몹시 슬프게 곡을 함.
207) 이윽고.
208) 뵈온데.
209) 미간(眉間) : 눈썹 사이.
210) 기출(己出) : 자기가 낳은 자식.
211) 일조(一朝) : 갑작스럽게 짧은 사이를 이르는 말.
212) 교양(驕揚) : 잰 체하며 뽐냄.
213) 없게 하랴.
214) 간계(奸計)인.

승상계셔 기세[215]하시고 승학이 주장[216]하면 우리 오히려 딕환[217]을 만날 거스니 몬저 승학을 읍시함만 갓지 못다."

하고 몽낭더려 왈,

"너는 묘한 게교를 생각하야 닉 근심을 듣게 하라."

하니 몽낭니 딕왈,

"일천만사가 물이면 셩이라[218] 하오니 저저[219]는 재물을 악기지 말라."

한딕 연션이 딕왈,

"닉 수중에 이천 양[220]이 잇스니 네 마음딕로 하야 속히 힝하여라."

하데 몽낭이 허락하고 나와 천 금은 제가 갓고, 천 금으로 자객 구하고.

해남 땅에 사는 김철은 이팔 청춘

21쪽

아해로셔 인물이 남중일색[221]이요, 술법니 과인하고 장안에 와 호협[222]한 유[223]를 만히 체결하고 주색청누[224]에 논일더니 몽낭이 차자와 읍하고 왈,

"하상견지만무[225]하오."

하며 술을 나는 후에 몽낭이 금철의 손을 잡고 왈,

---

215) 기세(棄世) : 세상을 버림. 웃어른이 돌아가심.
216) 주장(主掌) : 어떤 일을 책임지고 맡음.
217) 대환(大患) : 큰 근심이나 재난.
218) 물(物)이면 셩(成)이라 : 돈이면 안 되는 것이 없다.
219) 저저(姐姐) : '누님'을 달리 이르는 말.
220) 냥(兩) : 예전에 엽전을 세던 단위. 한 돈의 열 배.
221) 남중일색(男中一色) : 남자 중에서 뛰어나게 잘 생김. 여기서는 남자 중에서 뛰어남의 의미.
222) 호협(豪俠) : 호방하고 의협심이 있음.
223) 유(類) : 무리.
224) 주색청루(酒色靑樓) : 창기(娼妓)나 창녀들이 있는 술집.
225) 하상견지만무(何相見之晚無) : 서로 만남이 늦지 아니하였음.

"처음 만닉되 여형약제226)한지라. 닉 형의게 할 말니 잇노라. 형은 드르소서."

김철이 되왈,

"무삼 말삼인지 모르거니와 남아 세상에 들을 말이면 듯나이 형은 아모라커나 말하라."

하니 몽낭이 눈짓하야 나와 은근히 한 곳에 가 일러 왈,

"닉의 이종미227)는 본딕 김해 성 게상228)으로 양 승상의 첩이 되얏더니 적자229) 승학이 시랑지심230)으로 승상게 믹일 참소하고 딕감게셔 우리 남미를 죽기라 하니 우리 종매가 견딕지 못하야 날로 하야금 천금을 악기지 안고 그대를 청하야 보고자 하노라. 형의 뜻시 웃더한요?"

김철이 되왈,

"닉심231)언 금술을 빅화 한 번

22쪽

도 시험치 못하얏더니 웃지 요만 일얼 근심하리요."

하고 한가지로 가자 하거늘 몽낭과 함게 도라오니라.

잇씨 연션이 승상 추립할 때을 기다리어 음식에 독약을 타 춘양으로 셔당에 가 도련님게 드리라 하니 춘향니 가지고 섬들에 오르다가 일수232)하야 업더지니 이는 하나님이 감동하심이라. 연션의 계묘233) 임의 낭패하고

---

226) 여형약제(如兄若弟) : 친하기가 형제와 같음.
227) 이종매(姨從妹) : 이종 사촌 누이.
228) 기생(妓生).
229) 적자(嫡子) : 정실이 낳은 아들.
230) 시랑지심(豺狼之心) : 승냥이나 이리와 같은 마음. 즉 나쁜 마음.
231) 내심(內心) : 속마음.
232) 일수(溢水) : 물이 넘침.
233) 계묘(計妙) : 교묘한 꾀.

몽낭을 기다리더니 맛참 드려오거늘 급히 붓들고 물어 왈,

"부탁한 일이 웃지 되얏나야?"

몽낭이 딕왈,

"진평234)은 황금 사만 양으로 초패왕에 골격지신235) 번정236)을 좃차거든 천금을 가지고 자객 한아를 못 구하리오. 또한 자객과 함게 왓나이다. 딕면하야 의논하소서."

연선이 딕희하야 왈,

"그려며 밤에 삼경237)이 되거든 다리고 드려오라."

한딕 몽낭이 나와 밤을 기다리더니 때가 당하엿난지라. 김철을 다리고 연선의 방으로 드리가 삼 인이 은금히 정담하고

23쪽

가양주루를238) 앵무잔에 권커이 자커니 취도록 먹은 후에 금철이 몽낭을 눈치하니 몽낭이 지기239)하고 나오니 김철이 연선이 옥수를 잡고 농랑240) 한 정을 이기지 못하야 노래 한 장을 불러 왈,

"옥안241)을 상딕하니 여운간지명월242)이요, 주순243)을 반개하니 약수중

---

234) 진평(陳平, ?~BC 178) : 중국 한나라 때 정치가. 처음에는 초패왕(楚霸王) 항우를 따랐으나 후에 한고조(漢高祖) 유방을 섬겨 통일에 공을 세웠다.

235) 골격지신(骨格之臣) : 골격이 되는 신하. 즉 중추가 되는 신하.

236) 범증(范增, BC 277~BC 204) : 초패왕 항우를 위해 한고조 유방을 죽이려 했으나 실패하고 진평의 반간계에 빠진 초패왕에게 쫓겨남.

237) 삼경(三更) : 밤 열한 시부터 새벽 한 시 사이.

238) '가양주를'를 오기인 듯하다. 가양주(家釀酒)는 집에서 담근 술.

239) 지기(知機) : 기미나 낌새를 알아차림.

240) '농탕(弄蕩)'의 오기인 듯하다. 농탕 : 희롱하며 유혹함.

241) 옥안(玉顔) : 아름다운 얼굴을 이르는 말.

242) 여운간지명월(如雲間之明月) : 구름 사이의 밝은 달과 같다. 아름다운 여인을 의미하는 말.

243) 주순(朱脣) : 여자의 붉고 고은 입술.

지연화244)로다. 두월과 운간명월, 수중연화는 늬 사랑인가."

하거늘 연선이 연연한 소래로 화답하되,

"한창하니 가성열이요, 수번하니 무수지라. 가성열, 무수지는 임 그린 타시로다. 성룡에 일욕모하니 이안인가."

김철이 불승탕정245)하야 세류246) 갓흔 가는 허리를 두 손질로 마조 잡고 금침에 나아가 비취연운지낙247)과 녹수지정248)을 이루고 인하야 잠이 드럿더니, 오호라 창천249)이 놉화도 소소하고 귀신이 읍셔도 행하고 일월이 발가거든 읏지 수환지시250)가 읍스리오.

잇씩 승학이 셔안에 의지하얏더니 비몽사몽간에

24쪽

동상251)에 돗든 달이 흑운이 덥고 춘당에 연꽃이 금맛조차 든지라. 깨달아 몽사를 생각하니 심신이 황홀252)하야 또 무삼 재앙이 잇슬가 염여하더라. 승상이 침상에 누워더니 한 노승이 드러와 합장배례253) 왈,

"소승은 불곡사 보살님에 명을 밧잡와 듸감게 수말254)을 전코자 왓나이다. 대감은 드르소서. 승학 공자의 명255)이 시각에 잇삽고, 늬당에 큰 도적

---

244) 약수중지연화(弱水中之蓮花) : 약수 가운데의 연꽃. 아름다운 여인을 의미하는 말.
245) 불승탕정(不勝蕩情) : 방탕한 마음을 이기지 못함.
246) 세류(細柳) : 가지가 가는 버드나무. 여기서는 여자의 날씬한 허리를 비유적으로 이르는 말.
247) 비취연운지락(翡翠煙雲之樂) : 푸른 구름과 연기가 뒤엉키는 즐거움. 즉 남녀 간 육체적으로 관계하는 즐거움.
248) 녹수지정(綠水之情) : 푸른 물의 정. 둘 사이의 밀접한 정을 이르는 말.
249) 창천(蒼天) : 맑고 푸른 하늘.
250) 수환지시(受患指示) : 환란이 있음을 가리킴.
251) 동산.
252) 황홀(恍惚) : 미묘하여 헤아려 알기 어려움.
253) 합장배례(合掌拜禮) : 두 손바닥을 마주 대고 절함.
254) 수말(首末) : 처음과 끝.

이 드럿사오니 밧비 디화²⁵⁶⁾를 면하소셔."

하고 간데읍거날 놀래 쌔다르니 낭가일몽²⁵⁷⁾이라. 원닉 양 승상덕건 디딕로 불곡사에 백일기도하는 고로 보살님이 명명히 구완²⁵⁸⁾함이라. 디감이 심신이 황홀하야 등촉을 들고 급히 닉당에 드러가니 김철이 창황 중에 북창²⁵⁹⁾을 열치고 닉닷거늘 연션이 이러안저 왈,

"이 심야에 디감이 무삼 일로 창황이 기침도 아니하시고 오시나이까?"

디감이 분을 참고 쳔연한 빗흐로 대답왈,

"늘근 탓스로 구

25쪽

미²⁶⁰⁾가 읍셔 술이나 먹고자 하야 드려와거니와 북창으로 나가는 아히는 뉜요?"

연션이 고흔 빗츠로 반만 웃고 가라디,

"악가 승학 공자 셔당에셔 글 익다가 목마르다고 드려와 술 한 잔 마시더니 취하야 겻해 누엇다가 대감 드래오심을 알고 행여나 꾸중 드를가 하야 급히 나갓나이다."

한디 대감이 살펴 왈,

"져 병풍 아래 칠 쳑 장금²⁶¹⁾ 웃진 거시오?"

연션어 디왈,

"이런 변고가 어디 잇슬이요. 나는 몰라더니 승학이 젼일 일졈 아기 죽

---

255) 명(命) : 목숨.
256) 대화(大禍) : 큰 재앙.
257) 남가일몽(南柯一夢) : 꿈과 같이 헛된 한때의 부귀영화를 이르는 말.
258) '구원(救援)'의 옛말.
259) 북창(北窓) : 북으로 난 창.
260) 구미(口味) : 입맛.
261) 장검(長劍) : 허리에 차던 긴 칼.

어물 매양 소첩에 보수262)코자하더니 이 심야에 불측263)한 마음을 먹고 창금을 가만이 져 병풍 아래 두고 소첩의 잠이 집히 들기만 바라는 줄 뉘 알이요. 대감이 아니 오섯더면 첩이 비영행사264)할 번 하얏는이다."
하고 실성 체읍하거늘 승상이

26쪽

급히 장금을 들고 왈,
  "늬 임의 네 간게를 알아거든 무삼 잔말하나요."
하고 분길265)에 연선에 늬늬던지니 머리가 금광조차 촉하266)에 써러지난지라. 바로 셔당에 나가니 승학은 셔안에 의지하야 잠이 집히 드렷난지라. 도로 늬당에 드려가 연선의 간을 내야노코 승학을 불러 왈,
  "너의 이셔를267) 가지고 연당에 드러가 일점의 고혼을 부르듸."268)

  승학이 잠결에 아모란 줄 모르고 바다가지고 연당에 드러가니라. 승상이 이제야 일점도 스모 간게인 줄로 알고 이제야 무죄히 죽은 줄 아르시고 비회269)를 이기지 못하야 제문을 지여 승학으로 일그라 하시니 그 제문에 하야스듸,

  '오호라. 천지일월은 부자지회어늘 노부혼망270)하야 간척간게271)일 줄 모르고 빙셜 간한272) 방언273) 십오 녀식을 헛도히 사약을 먹여 천운을 끗처

---

262) 복수(復讐).
263) 불측(不測) : 생각이나 행동 따위가 괘씸하고 엉큼함.
264) 비명횡사(非命橫死) : 뜻밖의 사고를 당하에 제명대로 살지 못하고 죽음.
265) 분결에 : 분한 마음이 왈칵 일어난 바람에.
266) 촉하(燭下) : 촛불 아래
267) '이것을'의 의미이다.
268) 필사 중 일부가 빠진 듯하다.
269) 비회(悲懷) : 마음 속에 서린 슬픈 시름이나 회포.
270) 노부혼망(老父昏忘) : 늙은 아버지가 정신이 흐릿함.
271) 간척간계(姦妾奸計) : 간사한 첩의 간사한 꾀.

스니 후회막급이라. 천지신령

27쪽

이 도으시고 망실[274] 임 씨 혼령은 살피소셔. 경각 잇는 승학에 명을 보존하니 불행 중 다행이 아니요. 익지[275], 익지라. 망실 임 씨와 회사[276] 여식은 굽어 간첩에에[277] 간을 바드라.'
하얏더라.

잇때 춘향이 계하에 복지주왈,

"소비[278] 엿시 상젼을 기망[279]하온 죄는 만사무석[280]이오나 명월누에서 소제 나매[281] 의논하얏단 말을 소비에 나히 즉다 빙자하자 참소하옵고 잇튼날 연당에 흉한 변을 몽낭이 연션의 흉게을 드린 거시오, 딕감 츄립하실 째에는 음식에 독약을 타셔 소비로 공자캐 드리라 하옵기로 소비 임에[282] 흉게인 줄 짐작하고 셤돌에 약그릇슬 깨치니 또 연션니 쳔금을 네여 자객을 구함도 몽낭에 소위오니 소비는 일젼에 위령[283]이 두리워셔 즉시 알의지 못하고 엿태가지 잇사오니 복원[284] 대감은 소비의 죄를 용셔하소셔."
하거늘

---

272) 같은.
273) 방년(芳年).
274) 망실(亡室) : 죽은 아내.
275) 애재(哀哉) : 슬프도다.
276) 회사(悔死) : 안타깝게 죽음.
277) '에'자가 두 번 중복 필사되었다.
278) 소비(小婢) : 여종이 상전을 대하여 자기를 낮추어 이르던 말.
279) 기망(欺罔) : 남을 속여 넘김.
280) 만사무석(萬死無惜) : 만 번 죽어도 아까울 것이 없음.
281) 남매.
282) 이미.
283) 위령(違令) : 명령을 어김.
284) 복원(伏願) : 엎드려 공손히 원함.

　"져285)는 고사하고 네 일된286) 충심으로 섬돌에 약그릇슬 깨쳐 공자를 구하야스니 웃지 죄라 하리요."

하고 노복287)을 호령하여 몽낭을 잡아오라 하되 몽낭이 도망하여 부지거차288)라. 종놈 괴쉬289)을 불어 장금290)을 주며

　"너는 장안으로 다니며 팔라."

하시고,

　"사는 자 잇거던 보291)하여라."

하되 괴슉 칼을 가지고 삼 일을 곡목292)으로 행하되 사난 자 읍거늘 마참 주점에 드러가니 주모 이 칼을 보고 왈,

　"우리집에 유293)하던 김철 칼 갓다."

하거늘 괴수 무러 왈,

　"김철은 어듸 간요?"

한되 쥬모 답왈,

　"일전에 칼 웃던 총각이 와서 함게 가더니 엿태가지 오지 안하엿다."

하거늘 괴수 도라와 연유을 고한데 승상니 노왈,

　"그 주모를 자아오라."

한데 즉시 주모를 잡아 게하에 대령하엿거늘 승상니 좌우의 나졸294)을 세

285) 죄.
286) 하나된.
287) 노복(奴僕) : 사내종.
288) 부지거처(不知去處) : 간 곳을 알 수가 없음.
289) 괴수(魁首) : 우두머리.
290) 장검(長劍).
291) 보(報)하다 : 보고하다.
292) 골목.
293) 유(留)하던 : 머물던.
294) 나졸(邏卒) : 조선 시대 포도청에 속하여 관한 구역의 순찰과 죄인을 잡아들이

우고 그 아히 젼후

29쪽

사실을 무른데,

"매일295) 그러치 안니하면 경강296)의 쥬리라."

한즉 모297) 혼불부신하여 왈,

"김철은 본대 해남 사람으로 쇼녀의 집에 와 반 연이나 머무더니 일전에 웃던 호협한 총각니 와 종일토록 노다가 가더니 어대로 갓난지 모르나이다." 하거늘 승상이 분부하야 왈,

"김철은 본데 해남사람으로 소녀의 집에 유하거든298) 즉시 잡아 밧치리라." 하고 해남부에 관자299)하야 김철을 근초하라 하고, 김해셩 관자하야 몽낭과 연션 일지300)를 잡아 형좌301)하라 하시더라.

있때 세월이 여유하야 승학의 나히 이십에 당하매 증 승상 댁에 구혼하야 길일를 가리여 예로 마질세 위의302) 찬란하더라. 증 소제 방증303)한 태도와 유유한 거동은 월궁에 항아304)가 인간에 하강한 듯 하고 홍도화 가지가 말근 물에 빗침 갓더라. 이로좃차 귀문305)이

는 일을 하던 하급 병졸.
295) 만일.
296) '경각(頃刻)'의 오기이다.
297) '주모'에서 '주'자가 빠졌다.
298) '김철은~유하거든'까지가 잘못 필사되었다.
299) 관자(關子) : 동등한 관부, 또는 하급 관부에 보내는 공문.
300) 일지(一支) : 남의 일족을 낮잡아 이르는 말.
301) '형죄'의 오기인 듯하다. 형죄(刑罪) : 형벌과 죄를 이르는 말.
302) 위의(威儀) : 위엄이 있고 엄숙한 태도나 차림새.
303) 방정(方正) : 말이나 행동이 바르고 점잖음.
304) 항아(姮娥) : 달 속에 있다는 전설 속의 선녀.
305) 귀문(貴門) : 상대편 집안을 높여 이르는 말.

응응하고 화긔가 애애하야 금실지낙306)이 두터워 부부지낙지졍307)으로 승상깨 효량308)하더니 슬푸다. 홍지비네309)는 고금에 상사310)라. 승상이 우연 득병하야 졈졈 침즁311)하매 승학 부부 쥬야로 겻철 믜셔312) 문의하야 약을 다리여 쓰고, 하나님게 츅수하야 빌기를 다하니 차해313)가 읍는지라. 승상이 이지 못할 줄 알고 승학의 부부를 압해 안치고 이로되,

"너는 학업을 힘 쓰고 츙희314)를 다하야 가정을 일치 마라."

하고,

"현부315)난 장부를 공경하야 억이미 읍게316) 하라."

하시고 인하야 별세하시니 갑진년 추구월이라. 승학의 부부 애통망극함은 비할 데 읍더라. 예월317)를 당하야 원셩 농님원에 합장하고 삼년초로318)를 극진히 지네니 가산탕패319)하고 문호가 철령한지라. 승학이 벼살에 뜻시 읍셔 무죄한 일졈을 졍생320)에 이생젼 다시 만나보기

---

306) 금실지락(琴瑟之樂) : 부부간의 사랑.
307) 부부지낙지졍(夫婦至樂至情) : 부부 사이의 지극한 즐거움과 지극한 정.
308) 효양(孝養) : 어버이를 효성으로 봉양함.
309) 홍진비래(興盡悲來) : 즐거운 일이 다하면 슬픈 일이 온다는 말로 세상사가 돌고 돈다는 의미.
310) 상사(常事) : 늘 있는 일.
311) 침즁(沈重) : 병세가 심각하여 위중함.
312) 곁을 뫼셔.
313) 차효(差效) : 차도.
314) 충효(忠孝).
315) 현부(賢婦).
316) 어김이 없게.
317) 예월(禮月) : 초상(初喪) 뒤 장사지내는 달.
318) '삼년초토(三年草土)'의 오기이다.
319) 가산탕패(家産蕩敗) : 한 집안의 재산을 다 써서 없앰.
320) 전생(全生) : 온 생애.

를 축원하더라.

차설 잇때에 일점이 집을 이별하고 도로에[321] 욕을 볼가 하야 산강 초로[322]로 장찻 행할세 열 거름에 아홉 번식 도라보며 발이 부르트고 기운이 읍는지라. 수연지간[323]에 사고무친[324]하고 셕조투님[325]하니 어늬 곳으로 행하리요. 어머님 불으며 아바임도 불으며 업더지며 자빠지며 가시덤불 속으로 동셔 불변치 못하고 가노라니 놉흔 데는 나자지고 나진 데는 놉파진다. 지쳘이로다 하고 한 산곡[326]을 바라보니 층층한 셕벽은 반공[327]에 소사 잇고 울울한 송백[328]은 하날에 다앗난데 구렁 슬푼 바람과 시늬 잔잔한 물 소래에 철셕간상[329] 다 녹난다. 진퇴유곡 하릴읍시 반석에 의지하고 밤을 지넬세 슬품을 이기지 못하야 신세를 탄식할제

"가련하다 이내 신세, 젼생에 무삼 죄로 이 세상에 탄생하야 이네 모친[330] 별세 젼에

황천고혼[331] 무삼일고, 근근득생[332] 사라나셔 방연 십오 청춘시에 천고

---

321) '도로에서'에서 '서'자가 빠졌다.
322) 초로(草路) : 풀숲에 난 길.
323) 수년지간(數年之間) : 두서너 해 사이.
324) 사고무친(四顧無親) : 의지할 사람이 아무도 없음.
325) 셕조투림(夕照透林) : 석양은 수풀 사이를 비춤.
326) 산곡(山谷) : 산골짜기.
327) 반공(半空) : 땅으로부터 그리 높지 않은 허공.
328) 송백(松柏) : 소나무와 잣나무.
329) 철석간장(鐵石肝腸) : 굳센 의지나 지조가 있는 마음.
330) '부친'이라고 해야 문맥 상 맞다.
331) 황천고혼(皇天孤魂) : 크고 넓은 하늘 아래 의지할 곳 없이 떠돌아 다니는 신세.
332) 근근득생(僅僅得生) : 겨우겨우 살아감.

만악333) 우리 서모 교언영색334) 참소하야 밤도적 총각놈을 협방문 차고가니 의외 꿈 박기라. 초업하신 우리 부친 노긔등등하야셔라. 사친불효335) 하얏던가 사군불충336) 하얏던가 약그릇시 무삼일가. 애연한 오라님 공회지정337) 참아 못하야 남자의복 바다 입고 삼경심야 떠낫스니 천지도 아득하다. 명월누 발근 달은 청천벽해338) 근심이요, 자하원 불근 꽃츤 새벽 이슬 눈물 짓고 어마님 불려 하직하고 아바님 불려 통곡하니 청천이 막막하고 강수339)가 오열하다. 두 손목 마조잡고 두 낫츨 한 데 대고 다만 우리 두리 사라 이 지경니 왼일인고. 야속하고 답답하다. 니 이별을 어이하며 하시상봉340) 다시 볼가. 동서로 갈라 셔셔 연연한 이네 몸이 어대로 가잔말고.

33쪽

심산궁곡341) 차자가셔 한 거름에 눈물 씨고 두 거름에 한 숨 쉬니 이니 부친 아실소냐. 어듬 침침 바히342) 아래 수낭자외343) 스름344)인가. 회사정345) 깁흔 물에 사정욱에 스름인가. 사창346)에 우던 청조 어이 그리 적막하고, 공산야월347) 두견성에 이니 창자 끈허니고, 단산절별348) 져 맹호는

---

333) 천고만악(千古萬惡) : 아주 오랜 세월 동안 다시 없을 정도로 몹시 나쁨.
334) 교언영색(巧言令色) : 아첨하는 말과 알랑거리는 태도.
335) 사친불효(事親不孝) : 부모를 섬김에 자식된 도리를 다하지 못함.
336) 사군불충(事君不忠) : 임금을 섬김에 신하된 도리를 다하지 못함.
337) 공회지정(空懷之情) : 헛된 정.
338) 청천벽해(靑天碧海) : 푸른 하늘과 푸른 바다.
339) 강수(江水).
340) 하시상봉(何時相逢) : 어느 때 다시 만남.
341) 심산궁곡(深山窮谷) : 깊은 산 속의 험한 골짜기.
342) 바위.
343) 수 낭자(娘子)의.
344) 설움.
345) '회수정(淮水亭)'의 오기인 듯하다. 회수(淮水) : 중국 화중 지방을 흐르는 강.
346) 사창(紗窓) : 발이 얇고 성긴 비단으로 바른 창.

나를 보고 반기난 듯, 이팔 청춘 여자로서 인간을 하직하고 어데로 가잔말가. 망연하다 귀신들도 어이 그리 모로시며, 일월도 무심하다 차라리 이 몸이 죽어 모친이나 위로할가, 만팔쇠연 우리 부친 어데가 다시 볼가. 혈혈단신 오라바님 사고무친 날 보네고 격적한 연당에 드러가서 통곡인들 오작하며, 이불버개 소림[349]하는 그 형상이 오작하며, 애다를사 우리 스머[350] 살긔 우슴 오작할가. 귀로 듯는 듯, 눈으로 보난 듯 애고 이 스름 오작할가. 천사만사 생각하니 구천고혼[351] 적

34쪽

실하다."

짓기를 다하매 눈물니 압흘 가뢰는지라. 잇튼날에 한 산을 너머가니 인간이 즐비하고 풍경이 찰라한지라. 백화[352]는 자자한대 포곡새[353] 나라 들고 세류는 청청한데 황금 갓흔 꾀꼬리는 벗을 불러 유간[354]으로 왕닉하고 백셜 갓흔 꼿나뷔는 꼿마다 나라들고 화유슈모일거하니 별유천지요비인간[355]이라. 촌에 나와 걸식[356]하고 촌명을 무르니 도화촌이라. 한 집에 다다르니 초당[357]이 정절한듸 방을 붓쳣스되 '문수가[358]'라 하야거늘 일졈

---

347) 공산야월(空山夜月).
348) 단산절벽(斷山絶壁) : 산에서 길이 끊어져 절벽을 이룬 것을 말함.
349) '수렴(收斂)'의 오기인 듯하다.
350) 서모(庶母).
351) 구천고혼(九泉孤魂) : 죽어 외롭게 떠도는 넋.
352) 백화(百花).
353) 포곡새(布穀鳥) : 뻐꾸기.
354) 유간(柳間) : 버드나무 사이.
355) 화유수묘일거(花流水杳然去)하니 별유천지비인간(別有天地非人間) : 꽃 띄워 물은 아득히 흘러가니 별천지 따로 있어 인간 세상이 아닐너라. 이백(李白)의 〈산중문답(山中問答)〉의 전(轉)과 결(結)구인데 '도화유수(桃花流水)'에서 '도(桃)'자가 빠졌다.
356) 걸식(乞食) : 음식 따위를 빌어먹음.

이 생각하되,

'늬 신세가 쳐량하야 문수나 하야 길흉이나 알아볼가.'

하고 쳔은359) 한 되를 늬어노코 판수360) 압해 나가 예하고 길흉을 물은듸 판수 쳔은을 만져보고 분향재배하고 산통을 흔들며 축왈,

"쳔하언 재시여 지하언 재시리요만은 고지즉응하시나니 신긔영이 외든 감이 신통하옵소셔.

35쪽

모연모월모일에 우리 푀백361) 양일점에 신수길흉362)을 근복문363)하노니 평생화복 압고저364) 하오니 물비소시365)하소셔."

이윽고 괘을 오드니 즁지 곤괘366)로 택사367)하매로 판수 네심으로 생각왈,

'여화위남368)하고 승야도망369)이라. 동북은 불길하고 셔남은 듸길이라. 상택통기하니 혼이 상괘370)라.'

판수가 본듸 음칙371)한지라. 한 변 슨우슴372)하고 눈을 꿈적이며 나아

---

357) 초당(草堂) : 초가집.

358) 문수가(問數家) : 점 치는 집.

359) 쳔은(天銀) : 품질이 뛰어난 은.

360) 판수 : 점 치는 일을 업으로 하는 맹인.

361) 폐백(幣帛) : 윗사람이나 점잖은 사람을 만날 때 가지고 가는 선물. 여기서는 그런 것을 하는 사람.

362) 신수길흉(身數吉凶) : 한 사람의 운수의 좋고 나쁨.

363) 근문복(謹問卜) : 삼가 길흉을 물음.

364) 알고저.

365) 물비소시(勿秘昭示) : 숨기지 말고 밝히라는 뜻으로 점장이들이 주문 끝에 하는 말.

366) 곤괘(坤卦) : 팔괘의 하나.

367) 택사(擇四) : 네 개를 고름.

368) 여화위남(女化爲男) : 여자가 남자로 위장함.

369) 성야도망(星夜逃亡) : 별빛이 총총한 밤에 도망함.

370) 상괘(上卦) : 가장 좋은 점괘.

안지며 왈,

"늬가 용모를 보지 못하나 그대 음성을 드른즉 요죠한 여자로다. 아즉 액운을 띠엿스니 늬 실하에 잇서 도액373)함이 웃더하야?"

하고 옥수를 잡고자 하거늘 일점이 수상한 눈치를 알고 졈졈 물러 안저 속여 왈,

"듸인에 수양자되야 도액함이 좃타."

하거늘 판수 왈,

"수양자는 고사하고 아즉 머무러라."

하니 일점이 가라듸,

"아침 굴머 기갈374)이 자실375)하니 요기함을 바라나이다."

하니

36쪽

판수 흔연376) 듸왈,

"늬 먹든 밥이 솟377) 안에 잇스니 갓다 먹으라."

하거늘 일점이 봇짐을 들고 나와 바로 등산378)에 올라 신발을 고치라 하니 판수 그 거동 보소.

"일점, 일점."

은근히 불흐며,

---

371) 음칙 : 음란하고 발칙함.
372) 선웃음 : 꾸며서 웃는 웃음.
373) 도액(度厄) : 액을 막음.
374) 기갈(飢渴) : 배고픔과 목마름.
375) '자심(滋甚)'의 오기이다.
376) 흔연(欣然) : 기쁘거나 반가워 기분이 좋음.
377) 솥.
378) '동산'의 오기이다.

"여어불사[379] 농 안에 든 새를 놋첫고나."

급히 닉다라 외여 왈,

"김 첨지, 장 셔방 거기 잇나? 그 아히 좀 붓들어주소. 게집 아히로 남복[380]을 하고 남의 제물[381]을 도적하야가지고 가니 붓들어주소. 닉게 드러와 점 한다 하고 이제 바든 천은 닷 되를 가지고 즉금 도망하야스니 어서 밧비 붓드러주소."

한듸 일동이 요란하야 사면으로 찾는지라. 일점 이 거동을 보고 병역[382]이 곡두[383]에 임한 듯하야 심발도 못하고 개미 기듯, 거미 기듯 숫풀 속으로 다라날제 땀이 흘러 발금치가지 져져지매 다라나면셔 탄식 왈,

"화불탄행[384]이요, 패당봉화[385]로다."

감히 뜰에 나리

37쪽

지 못하고 선경을 차자 점점 올라가니 긔암긔셕은 동구에 둘러싸고 녹죽청송은 청천에 때여잇고 인경[386] 소래 귀에 은은히 들이거늘 절이 잇는가 반겨 드려가니 별유천지라. 글 한 귀를 을푸니,

'원상한산셕경사하니 백운심처유인가[387]라.'

---

379) 아뿔싸.
380) 남복(男服) : 여자가 남자의 옷을 입음.
381) 재물(財物).
382) 벼락.
383) 꼭두 : 정수리나 꼭대기.
384) 화불단행(禍不單行) : 화는 번번히 겹쳐 옴.
385) 패당봉화(牌黨逢禍) : 무리에게 화를 당함.
386) 인경 : 조선 시대에 통행금지를 알리기 위해 치는 종을 말하나., 여기서는 종을 의미함.
387) 원상한산셕경사(遠山寒山石徑斜)하니 백운심처유인가(白雲深處有人家)라 : 멀리 한산을 오르니 돌길이 비겨 있고, 흰 구름 깊은 곳에 인가가 있구나. 두목

하고 절문에 다다르니 절문 우에 써스되 극낙암이라 하얏더라. 여러 중덜이 나와 보고 하는 말니,

"인간에 긔요한 아희가 션경에 왔다."

하고 다리고 드러와 석반을 먹인 후에 뭇 중들이 다토워 왈,

"져 아희는 밤에 늬가 다리고 자리라."

하거늘 일점이 기가 막혀 늬심에 헤아리되,

'옛말이 절에 간 색시는 중 하라는대로 한다 하더니 늬게 두고 이른 말이로다. 이 일을 장차 읏지하면 박그로 나갈가.'

손 새히388)를 글거 피를 네고 드려와 천연히 안자 두로 글그며 손을 부비며 옴 오른 것 갓치 하니

38쪽

중덜이 보고 개창389)이 오른 아히라 그 중에 한 노승이 왈,

"이 깁흔 밤에 보닛던 못하고 엇한 아히에 해를 입어리요. 너는 협방으로 나가 자라."

하거늘 일점이 깃버하야 봇짐을 들고 협방으로 나와 행혀 무슨 일이나 잇슬가 엄여하야 잠을 이루지 못하고 안젓더니 그 절 불목장이390) 밥 든 후에 나와 혼자 말로 이로되,

'날 갓흔 놈이 옴 오르면 붓목밧게 더하라.'

하고 드러오거늘 일점니 사세가 급박하야 둥글며 배를 배를 문지르며 왈,

"여려날 주리다가 석반을 먹고 체하야스니 그 뉘인지 모르거이와 속음

    (杜牧)의 〈산행(山行)〉의 기(起)와 승(承)구이다.

388) 사이.

389) 개창(疥瘡) : 옴벌레가 기생하여 일으키는 전염성 피부병. 손가락이나 발가락 사이처럼 연한 살부터 짓무르기 시작하여 온 몸으로 퍼진다.

390) 불목하니 : 절에서 밥 짓고, 물 긷는 일을 맡아서 하는 사람.

물391)이나 풀어주오."

하니 불목놈이 들어가 물도 데히며, 소곰도 차지며 주머니에 수화반392) 부시러기 차지며 한창 분주하더라. 일점이 봇짐을 들고 절 뒤로 도망하야 산으로 올라가더라. 불목놈이 염탕393)을 들고 협실로 드러가 차지니 간데 읍는지라. 혼자말로 이로되,

'이 아희가

39쪽

셜사를 만나 정당394)에 갓다?'

하고 열빠진395) 놈처럼 지웃지웃 차진덜 도망한 아히 제 웃지 차지리요. 새벽에 즁더리 저마당 탄식왈,

"그 아희가 남자면 웃지 도망하리요."

즁더리 눈이 어두어 품에 든 임을 이럿다396) 하더라.

잇때 일점이 산을 너머 종야토록397) 산을 넘고 늬 너머 가더니 한 곳에 다다르니 좌우에는 충암절벽이요, 압헤는 천장398)이나 남더라. 갈 발399)을 아지 못하야 땅을 두다리며 듸셩통곡 왈,

"애고 답답하다. 광활한 천지간에 어대로 못가셔 이런 심산궁곡에 시랑400)에 밥비 되난고. 차라리 연당에셔 죽어시면 신체나 온당하야슬 거슬

---

391) 소금물.
392) 수화반(水和飯) : 물에 말아서 풀어 놓은 밥.
393) 염탕(鹽湯) : 소금을 넣어 끓인 국.
394) 정당 : 변소.
395) 얼빠진.
396) 잃었다.
397) 종야(終夜)토록 : 밤새도록.
398) 천장(千丈) : 장(丈)은 3미터에 해당하므로 천장은 3,000미터임. 여기서는 아주 높음을 이르는 말.
399) 바.

부친게 기망할 일 읍고 구태어 살기를 도모하야 이 지경을 당하리. 누구를 원망하리요."

강물를 구버보니 출렁출렁한 물결401)은 하날에 다여잇고 끈어진 언덕은 일천척니 놉하난데 수운402)이 젹막하고 비풍403)

40쪽

니 소실한지라. 일점이,

'닉 절벽에 올라가 고향이나 바라보고 부친과 오라바님 스모 간게를 면코 안영404)하심을 산신게 빌이라.'

하고 셕벽 사이로 나무도 붓들며 덤불도 당기며 쳔사만고405)하야 올라셔셔 장안406)을 바라보며 탄식한들 어딕인 줄 알이요. 북향사배407)하고 산신게 비러 왈,

"신라국 양일점은 백발노친을 뫼시지 못하고 스모 간게에 빠자 고향을 하직하고 이곳에 와셔 져 강수에 쌔자 어북408)에 장사하니 웃지 익달지 아니하며, 다시 인간에 타나409) 부모를 모시고 형제동거하면 이생에나 원한을 풀가 하나이다."

하고 이연이 통곡하니 산천이 비월410)하고 초목이 슬퍼하더라. 가련하다

---

400) 시랑(豺狼) : 승냥이와 이리.
401) 물결.
402) 수운(水雲) : 물과 구름. 곧 대자연.
403) 비풍(悲風) : 쓸쓸하고 구슬픈 느낌을 주는 바람.
404) 안녕(安寧).
405) 천사만고(千思萬考) : 여러 가지로 생각함.
406) 장안(長安) : 중국의 도시 이름이나 여기서는 서울을 말함.
407) 북향사배(北向四拜) : 북쪽을 향하여 네 번 절함. 여기서는 아버지가 계신 곳을 향해 마지막 인사를 드린다는 의미.
408) 어복(魚腹) : 물고기의 배.
409) '태어나'에서 '어'자가 빠졌다.

양 소제의 효행은 대순411) 정자갓고 정절은 아황여영412)니 갓한이 일런 곤궁한 액운을 당하니 웃지 익달지 아니하리요. 일점이

41쪽

눈물 거두고 모친 혼령 부르며 재배하고 오슬 무릅쓰고 두 손으로 돌을 안고 절벽에 굴러 강수에 빠지라 할 지음에 한 노인이 죽장413)을 집고 급히 압흘 막아 왈,

"양 소제야, 늬 말을 잠간 드르라. 동방이 밝그며 자연히 갈 곳 잇스니 아자414) 실과415) 먹으라."

하고 소매로셔 늬여주거늘 일점이 노인의 말 거역지 못하야 바다 머그니 배가 부르고 심신쇄락416)한지라. 일점이 다시 이러나 재배 사례 왈,

"거의 죽게 된 목슴을 구안417)하시니 은혜난망이로소이다."

"행지418)가 람자419)와 달라 간 곳마다 욕이 무궁하와 산중무인지경420)으로 행하오니 주러421) 죽겟삽고 집에 드러가지 못하고 시랑에 밥이 될지

---

410) 비원(悲怨)의 오기인 듯하다. 비원(悲怨) : 슬퍼하여 원망함.
411) 대순(大舜) : 중국 순 임금의 경칭.
412) 아황여영(娥皇女英) : 중국 요 임금의 딸. 백성을 위해 기도했기 때문에 천하가 태평하였다고 하며, 이때부터 당(堂)을 지어 그녀를 무조(巫祖)로 삼았다고 함. 아황과 여영은 남편인 순 임금이 죽었다는 소식을 듣자 동정호(洞庭湖)를 바라 보며 울었다고 하며, 오래지 않아 죽었다고 함.
413) 죽장(竹杖) : 대나무로 만든 지팡이.
414) 앉아.
415) 실과(實果) : 과일.
416) 쇄락(灑落) : 기분이나 몸이 상쾌하고 깨끗함.
417) 구완 : 아픈 사람이나 해산한 사람을 간호함.
418) 행지(行止) : 행동거지.
419) 남자(男子).
420) 산중무인지경(山中無人之境) : 산 속의 사람이 살지 않는 곳.
421) 주려 : 굶주려.

라. 웃지 살기를 바라리요. 천만 의외 도인을 만나 전정[422]을 아을리라.”
하고 간데 읍거늘 일점이

42쪽

공즁을 향하야 재배사례하고 안저더니 은하수는 셔천에 기우러지고 셔
운[423]이 부상에 몽능하더라. 날이 발가오거늘 강가에 나려가 소로를 차자
가 남으로 향할세 죵일토록 가되 인간처[424]이 읍는지라. 나물도 뜨더 먹으
며 좌우를 살펴 점점 드러가니 이윽고 석양이 재산이라. 한 산곡을 바라보
니 양유쳥쳥도수인[425]이요, 낙낙장송울울[426]하니 산고송자락[427]이요, 산
계[428]는 쇼쇼[429]하니 이화게화락[430]이요, 무심한 백학은 연산[431]에 나라들
고 유정한 황앵[432]은 호우한어 쌍거쌍닉[433]하니 진짓 승경이라. 한 모통이
를 드러가 살펴보니 단학석은 석상에 한 초당니 잇써 셔운은 쎄어잇고 초당
이 정결한대 등촉이 휘황하거늘 일점이 반겨나가 본즉 한 도인이 머리에
화양건[434]을 쓰고 몸에는 학창의[435]를 입고 우수에 백운션을 들고

---

422) 전정(前程) : 앞으로 가야할 길.
423) 서운(曙雲) : 새벽녘의 구름.
424) 인간처(人間處) : 사람이 사는 근처.
425) 양유청청도수인(楊柳青青導數人) : 수양버들과 미루나무는 푸르러 사람들을
     일끌어 들임.
426) 낙락장송울울(落落長松鬱鬱) : 가지가 길게 늘어선 키 큰 소나무가 매우 무성함.
427) 산고송자락(山高松子落) : 산은 높고 솔방울은 떨어짐.
428) 산계(山鷄) : 꿩.
429) 소소(騷騷) : 부산하고 시끄러움.
430) 이화계화락(梨花桂花落) : 배꽃과 계수나무 꽃이 떨어짐.
431) 연산(連山) : 잇대어 있는 산.
432) 황앵(黃鶯) : 꾀꼬리.
433) 쌍거쌍래(雙去雙來) : 쌍쌍이 오고 감.
434) 화양건(華陽巾) : 예전에 도가(道家)나 은거생활을 하던 사람이 쓰던 모자.
435) 학창의(鶴氅衣) : 소매가 넓고 뒤 솔기가 갈라진 흰옷의 가를 검은 천으로 넓게
     댄 웃옷.

좌수에 주역을 잡고 셔안[436)에 의지하야 잠신하거늘 일졈니 나가 재배하
되 도인이 왈,

"불상하다. 너의 고생이 웃지하야 그리되얏난야?"

하고 셔과[437) 두 개와 청명주[438)와 진수승찬을 늬여주거늘 바다 먹으니 정
신이 졍결하고 젼생 일을 알러라. 도인 왈,

"어려난 공궁하야스니."[439)

늬당으로 드러가 부인을 되하야 왈,

"이 소졔는 경셩 사난 양 승상에 여아오니 귀히 사랑하소셔."

하고 외당으로 나아가더라. 잇튼날 일졈이 세수하고 도인과 부인게 새로
졀하니 도인 왈,

"규즁호걸이라."

하고 책을 주며 삼 일을 읽그라 한대 소재 바다보니 손오[440)의 병셔와 육도
삼약[441)과 천문지리와 두갑장신법[442)이라. 일일에 소졔를 불러 왈,

"너는 셩경[443) 인연 칠 여[444)뿐이라. 오날 길을 떠나 남으로 무수[445)
지리산 하에 학당 차자가셔 아들 원실과 오 연[446) 동졉[447)하야 학업을

---

436) 서안(書案) : 책상.
437) 서과(瑞果) : 상서로운 과일.
438) 청명주(淸明酒) : 청명(淸明) 든 때 담근 술.
439) 필사과정 중 도인의 말 일부가 빠진 듯하다. 문맥이 맞지 않는다.
440) 손오(孫吳) : 중국 춘추전국시대 병법가인 손무와 오기를 아울러 이르는 말.
441) 육도삼략(六韜三略) : 중국의 오래된 병법서(兵法書).
442) 둔갑장신법(遁甲藏身法) : 술법을 써서 몸을 다른 것으로 바꾸거나 숨기는 법.
443) '선경(仙境)'의 오기인 듯하다.
444) '년(年)'의 오기인 듯하다.
445) '무주(茂朱)'의 오기이다.
446) 년(年).
447) 동접(同接) : 같은 곳에서 함께 공부함. 또는 그런 사이.

힘씨고 가연[448]을 일치 말라."

하더라. 원뇌 이 학자가 원실을 나을 적에 일몽을 으드니 태을션관니 채운[449]을 타고 나려와 옥반[450]에 이화 일지를 드러 왈,

"이거슨 천상 선관이오니 용모 비범하고 풍채 준수하야 재기 과인한지라. 자는 셕과라 하얏더라."[451]

젼시[452]에 양 소졔와 부인과 하직할 새 권권한 정희를 이로다 긔록지 못할러라. 산에 나려와 절벽 우를 도라보니 백학만 지져괸다. 운무영농[453]한 뒤 초당조차 간 곳 읍더라. 산상에 행하야 다시 절하고 기구한 젹경[454]으로 나려오며 좌우를 둘러보니 산 즁에 드러갈 때에 봉봉이 구화만발[455]하고 단풍은 금병[456]으로 산용[457]을 단장하야난듸. 기러기난 도라가고 춘풍은 소실한데 신세를 생각하니 천지에 무주객[458]이요 산즁에 유발승[459]이 되야 말암[460]이 부상의 또쪽쳐름 굴러 산곡으로 날여

가니 발이 붓고 몸이 곤하야 신세가 어너 때와 일천 나무 일만 산고, 궁항

---

448) 가연(佳緣) : 부부관계를 맺게 될 연분.
449) 채운(彩雲) : 여러 빛깔로 아롱진 고운 구름.
450) 옥반(玉盤) : 옥으로 만든 쟁반.
451) 필사 중 일부가 누락된 듯하다. 문맥이 맞지 않는다.
452) 전시(前時).
453) 운무영롱(雲霧玲瓏) : 구름과 안개가 자욱함.
454) 석경(石徑)의 오기인 듯하다. 석경(石徑) : 돌이 많은 좁은 길.
455) 기화만발(奇花滿發) : 기이한 꽃들이 활짝 핌.
456) 금병(錦屛) : 비단 병풍.
457) 산용(山容) : 산의 생김새.
458) 무주객(無主客) : 맞아줄 주인이 없는 손님.
459) 유발승(有髮僧) : 머리를 깎지 아니한 중.
460) 마음.

길 끈어진 길에 구름과 나난 나무와 우난 새는 내 근심을 자아내이 눈물로 세월를 보내어 십시구생461)만에 주무지경462)에 다다르니 촌인463)을 만나지라. 산원근을 부르며464) 그곳에 리 학자댁이 잇난야 하니 그 사람 답왈,

"이 산을 너머 칠십 리만 드러가면 적덕465) 잇난 촌명을 무르니 리 학자 게신다."

하거늘 일점이 주점을 차져가 요기를 단단히 하고 음식을 만히 싸셔 걸머미고 한 산을 너머 시니닉물466)을 초차 점점 드러가더니 일색은 져무러 황혼이 되엿난지라. 산을 안고 도라가니 도로가 분명치 못하야 한 성황집에 드러가 밤을 지닉더니 삼경은 하야 큰 백호가 주홍 갓흔 입을 버리고 되성 갓치 질러와셔

46쪽

성황집 압혜 쭈구러 안자 꼬리를 치거늘 소제 혼니 놀라 왈,

"슬푸다. 양일점아. 이런 고생하다가 이곳에 와 범에 입에 더러갈 줄 뉘 알이오. 다다이 죽엇도다."

하고 기절하얏더니 혼미 즁에 드르니 성황이 대왈,

"네 집에 온 손님을 동국 귀신 뿐 아니요, 도인에게 칠 년 술법을 배하 즁국에 위업을 뜰칠 귀객467)이니 너난 물러가라."

이윽고 눈을 떠보니 백호가 간데읍고 동방이 발거거늘 봇짐의 음식을 닉야 요기한 후에 성황게 하직하고 길을 떠나 삼십 이를 들어가니 쳔석468)

---

461) 십시구생(十匙求生) : 열 숟가락으로 생명을 구함. 즉 간신히 연명함.
462) '무주지경'의 오기이다.
463) 촌인(村人) : 마을 사람.
464) '무르며'의 오기이다.
465) 적덕(積德) : 덕을 많이 베풀어 쌓음.
466) '닉'자가 중복 필사되었다.
467) 귀객(貴客) : 귀한 손님.

이 긔괴하고 임당 절승한데 초옥 수십간이 잇거늘 동문469)에 새여스되 '적덕촌즁적덕가470)라 하얏더라. 풍편471)에 현송지셩472)이 들이거늘 소래를 따라 초당에 이르니 일원 학자가 홍안백발473)에 오각건474)을 쓰고 도포를 입고 셔안을 의지하야 한 동자 겻을 모

47쪽

시고 글을 일거늘 일점이 나가 배래하고 다가 예한데 학자 왈,

"너는 어데 사난야?"

하거늘 일점이 공손이 대왈,

"고향은 경셩이옵고 승은 양가요, 일홈은 일점이요, 부모를 여히고 동셔로 패박475)하야 오날날 되집에서 하로밤 유숙하기를 바라나이다."

하니 학자 허락하고 그 아히 상을 살혀보니 션연한 태도는 명월이 구름에 가리오고 은명476)한 긔상은 상산수기477)가 미간에 어리혀거늘 학자 일로되,

"태도로난 여자요, 기상은 남자라. 옛날 장자방478)은 부인 얼골로 쳔사479)의 승상 되고 일홈을 쳔추에 젼하야스니 필경 져 아해도 장네 귀히 되리라."

---

468) 천석(泉石) : 자연의 경치.

469) 동문(洞門) : 동네 입구에 세운 문.

470) 적덕촌즁적덕가(積德村中積德家).

471) 풍편(風便) : 바람결.

472) 현송지셩(絃誦之聲) : 거문고를 타며 시를 읊는 소리.

473) 홍안백발(紅顏白髮) : 머리를 하얗게 세었으나 얼굴을 붉고 윤이 나는 모습.

474) 오각건(烏角巾) : 양생(養生)하는 선비들이 일상적으로 생활하며 쓰는 모자의 한 종류.

475) 표박(漂迫) : 정처없이 떠돌아다니며 지냄.

476) 은명(隱明) : 숨어 있는 총명함.

477) 상산수기(常山秀氣) : 상산의 맑고 빼어난 기운.

478) 장자방(張子房) : 장량(張良, ?~BC168). 중국 한나라 고조(高祖)의 책사.

479) '천자(天子)'의 오기이다.

하더라. 일점니 눈을 드러 학동을 보니 얼골은 청산백옥 갓고 활달한 기상은 진짓 대장부라. 밤을 당하야 학자 왈,

"너는 닉 아달 원실과 풍월480) 한 수식 지여 노부(老夫)의

48쪽

흉중을 상쾌캐 하라."

하시고 운을 닉신대 일점이 몬저 지여 왈,

"낙성일별사천리481)하니 표박셔남천지간482)이라. 션경정당홍수리요 지백우연이라. 비흔누션우님풍젼이요 연초향화듸우면이라. 쌍수얼 옥졈셩화수하니 재금풍취옥연이라."

하얏더라. 원실이 또한 지엿스되,

"행동구우삼쳘리에 이역고변이문기연고 달확쳥풍은 닉수얏이요 쳥쳔명월은 혼무변이라. 정화듸우혼연소요 안유승춘취옥면이라. 부운비가를 구막하하니 황금일주고듸언이라."

하얏더라. 학자 두 글을 보시고 층찬 왈,

"너의 긔재밀법483)이 차동이 읍스니 오류 연만 독실히 하면 이두484)를 부러워하리요."

하더라. 이튼날 아침에 일점이

---

480) 풍월(風月) : 여기서는 시(詩)를 말함.
481) 낙성일별사천리(洛城一別四千里) : 낙양을 한 번 이별하고 사천 리를 떠나있어. 두보(杜甫)의 〈한별(恨別)〉의 첫 구.
482) 표박셔남천지간(漂泊西南天地間) : 서남의 천지를 떠도니. 두보 〈영회고적오수지일(詠懷古跡五首之一)〉의 2구.
483) 기재밀법(器才密法) : 기량과 재주를 닦는 방법.
484) 이두(李杜) : 이백(李白)과 두보(杜甫).

49쪽

학자게 하직 왈,

　"소동이 노인에 승덕을 입사와 하로밤 편히 쉬고 떠나오니 감사하옵고 또한 정의 창결485)하나이다."

하거늘 학자 왈,

　"너는 동셔남북에 어데 가면 손이 안니리요. 니 집에 잇셔 원실과 동접하야 오륙 연 후에 세상에 나아가 부귀공명을 취함을 보고자 하노라."

　일점이 다시 재배 왈,

　"유리푀백486)하는 쳔한 아해룬487) 대인이 이처럼 애휼하시니 감사하온 은덕을 여산약에488)압고 차489) 부친 예도 딕접하리라."

하거늘 학자 딕해490)하야 기491) 쳐 황 씨 청하야 일점을 배옵고 왈,

　"부인은 아회를 친자식과 갓치 사랑하야 실하에 두고 자미를 보소서."

한대 왕492) 씨 눈을 드러 잠간 살혀보니 용모 비범하고 태

50쪽

도 빙정493)하야 원실 나을 대에 이화 주든 선인 방불하더라. 심중에 극히 사랑하야 사셔삼경과 백가시서494)를 무불통지하고 음풍명월495)과 시부표

---

485) 창결(悵缺) : 몹시 서운하고 섭섭함.
486) 유리표박(流璃漂泊) : 일정한 집과 직업이 없이 이리저리 떠돌아다님.
487) 아해를.
488) 여산약해(如山若海) : 산과 바다와 같이 매우 크고 넓음.
489) '후'자가 빠진 듯하다. 차후(此後).
490) 대희(大喜).
491) 그.
492) '황'의 오기이다.
493) '방정(方正)'의 오기인 듯하다.
494) 백가시서(百家詩書) : 여러 학자의 시와 글씨.
495) 음풍영월(吟風咏月) : 맑은 바람과 밝을 달을 대상으로 시를 짓고 흥취를 자아

책496)은 세상 사람에 대할 배 읍더라. 일점이 원닉 도사게 장신둔갑술법을 배운 고로 잘 때는 장신문갑법을 행하난 고로 학자와 원실이 종시 남자인 줄 알더라. 광음497)이 훌훌하야 오 년을 지닌 후에 잇대는 춘삼월 호시절이라. 재비498)는 쌍거쌍래하고 봉접499)은 쌍쌍이 나라 춘경을 돕는지라.

일일은 원실이 일점다러 왈,

"옛적 승자500)도 동자 오륙 인과 관차501) 오륙 인을 기수502)에 목욕하고 숭정에 바람 쐬이미 웃더한요?"

일점이 늑심으로 기가 막혀 울며 왈,

"나는 본대

51쪽

풍한셔습503)에 상하야 냉배504)를 알난 고로 목욕도 못하고 바람도 쐬기를 조와 아니하도라."

하거늘 원실니 일점의 심정을 거사리 왈,

"냉은 냉으로 다시리고, 울화는 바람 쐬이미 조타 하니 함게 가자. 방화수류과전천505)하고 등등고이셔소506)함이 좃타,"

내어 즐겁게 놈.
496) 시부표책(時賦表策) : 시(時), 부(賦), 표(表), 책(策). 또는 시부표책을 짓는 능력.
497) 광음(光陰) : 낮과 밤을 이르는 말로 시간이나 세월을 말함.
498) 제비.
499) 봉접(蜂蝶) : 벌과 나비.
500) 성자(聖者) : 성인(聖人).
501) 관차(官差) : 관아에서 파견하던 아전.
502) 기수(淇水) : 중국 하남성 안양시를 남서로 흐르는 강. 여기서는 그냥 '강'을 말함.
503) 풍한서습(風寒暑濕) : 바람과 추위, 더위와 습기를 이르는 말.
504) 냉배 : 냉병으로 생기는 배앓이.
505) 방화수류과전천(訪花隨柳過前川) : 꽃 찾아, 버들 찾아 시내 앞을 지나네. 정호(程顥)의 〈춘일우성(春日偶成)〉의 2구.

하거늘 일점이 민망하야 왈,

"두릉한식초청청[507]하고 천춘작반호환[508]라 하니 시골 도라가지 못한 슬픈 마음이 춘풍화유[509]를 보면 심사 자연 비창하기로 못간다."

하고 현현[510]한 눈물을 내리니 원실 무심하야 위로함을 마지 아니하더라. 잇튼날 학자 두 아해를 불러 왈,

"닉 오날 근동 친고[511]의 대상[512]을 보러가니 너회는 작난 말고 어제와 갓치 글을 일그라."

하고 죽장마해[513]

52쪽

로 추표도포[514]를 입고 가니, 이날 원실이 일점으로 더부러 종일토록 고셔를 강독하고 밤 삼경에 이르니 원실니 닉당에 드러가니 모부인 왈,

"너회는 밤이 집도록 글을 일그니 배가 오작 곱흐라."

하시고 숑엽쥬[515] 한 잔과 녹포[516] 두 게를 주시며 나가 일점과 갓치 먹으

---

506) 등동고이서소(登東皐以舒嘯) : 동쪽 언덕에 올라 휘파람 불고. 도연명(陶淵明)의 〈귀거래사(歸去來辭)〉의 일부.

507) 두릉한식초청청(杜陵寒食草靑靑) : 한식날 고향 두릉에도 풀이 푸르겠구나. 위응물(韋應物)의 〈한식기경사제제(寒食寄京師諸弟)〉의 결구(結句).

508) 청춘작반호환(靑春作伴好還) : 청춘을 짝하여 돌아감이 얼마나 좋은가. 두보(杜甫)의 〈문관군수하남하북(聞官軍收河南河北)〉의 경련(頸聯)의 2구 '청춘작반호환향(靑春作伴好還鄕)'에서 '향(鄕)'자가 빠진 형태.

509) 춘풍화류(春風花柳) : 봄바람에 흔들리는 꽃과 버들.

510) 현현(泫泫) : 눈물이 줄줄 흐름.

511) 친구(親故) : 친척과 오래된 친구를 이르는 말.

512) 대상(大祥) : 죽은 지 두 돌만에 지내는 제사.

513) 죽장망혜(竹杖芒鞋) : 대지팡이와 짚신. 즉 길을 떠날 때 아주 간편한 차림새를 말함.

514) 추포도포(麤布道袍) : 발이 굵고 거칠게 짠 베로 만든 도포.

515) 송엽주(松葉酒) : 솔잎을 넣고 빚은 술.

516) 녹포(鹿脯) : 사슴 고기로 만든 포.

라 하신대 원실니 가지고 나와 일점더라 왈,

"시중천자517) 니태백도 일두 시 백 편518) 하야스니 우리도 음주한 후 시 백 편 하자."

하고 노나먹고 두리 듸취하야 셔안에 의지하야 누워더니 일점이 본대 술을 못먹다가 원실의 권고519)에 먹고 속이 답다마야520) 잠결에 옷끈을 끄르고 누윗더니 원실이 몬저 잠을 깨야 촉하에 일점을 살피보니 옥 갓튼 살빗흔 백셜 갓치 어리엿고, 연적 갓흔 졋통이난 함박꽃 갓치 감노521)에 져진 듯

53쪽

하고, 옥안협522)은 도화가 세우523)에 반만 불근 듯, 팔자청산524)이 명월에 어리엿고, 인기525)가 경국지색이라. 한 번 보면 심신 황홀하고 불승탕정526)을 이기지 못하야 죄불안셕527)하나, 일점의 승품을 아는지라 주저하다가 문을 가만히 열고 늬당에 드러와 모부인게 일점에 연유를 고한대, 왕부인니 기이하야 급히 나와 가만히 문 틈으로 엿보니 과연 원실이 말과 갓흔지라. 행여 일점이 놀랠가 하야 원실로 함게 찰조 읍시 늬당으로 드러가 일점이 술 깨기만 기다리더니, 이윽고 일점이 잠이 깨야 제 몸을 살펴보니 옷끈이

---

517) 시중천자(詩中天子) : 시를 짓는 데 으뜸인 사람을 말함.
518) 이백일두시백편(李白一斗詩百篇) : 이태백은 한 말 술에 시 백편을 짓는데. 두보(杜甫)의 〈음중팔선가(陰中八仙歌)〉의 한 대목.
519) 권고(勸告) : 어떤 일을 하도록 권함. 또는 그런 말.
520) 답답하여.
521) 감로(甘露) : 천하가 태평할 때 내린다고 하는 단 이슬.
522) 옥안협(玉顔頰) : 옥 같은 얼굴의 두 뺨.
523) 세우(細雨) : 가랑비.
524) 팔자청산(八字靑山) : 미인의 눈썹을 이르는 말.
525) 인기(人器) : 사람의 됨됨이.
526) 불승탕정(不勝蕩情) : 방탕한 마음을 참아내지 못함.
527) 죄불안석(坐不安席).

느러지고 살빗치 드러나고 원실니 간 곳이 읍거늘 놀래여 이러안자 옷끈을 단속하고 옛일

54쪽

을 생각하야 비감한 마음을 금치 못하더라. 원실이 천연히 나와 겻해 안지며 왈,

"나는 술을 토할 듯 하야 즉시 안에 드러가 물 먹고 누엇더니 너는 발셔 깨얏난야?"

하거늘 일점이 무류528)하나 마지 못하야,

"이제야 깨얏노라."

하고 수심이 만안529)하더라. 잇튼날 학자 도라와 늬당에 드러가니 왕부인이 희색이 만면하하야530) 왈,

"일점이 종시 여자의 긔색이라 하더니 과연 간 밤에 종적이 탄로하야스니 이는 천지신령이 우리 원실에 배필을 지시하심이라."

하거늘 학자 또한 영아531)하야 셔당에 나와 좌중하매 두 아해 겻해 안저다가 일점이 이로되,

"소동이 본대 혈혈 무히한 아해로 대인을 만나 잔명을 보전하읍고 교훈을 밧자와 장차 오 년을 지네오니 은혜 백골난망이오나

55쪽

고향 생각이 간절하야 실하를 떠나오니 황송하고 창연한 비회를 엇지다 치하ᄒ오리가."

---

528) 무류 : 무료. 수줍거나 창피하여 볼 낯이 없음.
529) 만안(滿顔) : 얼굴에 가득함.
530) '하'자가 두 번 필사되었다.
531) 영아(令兒) : 아이에게 명령함.

한디 딕인 왈,

"닉 네의 종적을 짐작하나니 여자 이십 세에 남복하나 힝노긱인니 뉘 알이요. 내 집을 떠난 후면 면날532)이 못되야 중노에 무궁한 욕을 볼 거슨니 너는 깁히 싱각하라. 또한 하날이 닉게 지시하심이요 인역533)으로는 아니함이라. 웃지 쳔의를 거사리리요."

한대 일점이 아미534)를 숙이고 모친이 몽중에 와셔 하는 말삼과 도인이 지시하든 말삼이 흉중에 잇난지라. 묵묵무답할 지음에 왕부인이 달여드러 두 손을 잡고 왈,

"너는 두 말 말라. 이왕에 쳔상션여가 닉개 며나리로 지시함이라."

하고 등을 미러 안으로 드러가거늘 일점이 할일읍시 왕 부인께 글여 닉당으로 드러가니 남복을 벅기고 여복을 가초니

56쪽

완연한 월궁항아가 인간에 나림 갓더라. 학자 향당친쳑535)을 모흐고 길일을 가리여 육예536)를 가쵸세 원실은 예복을 가초와 전안쳥537)의 드러가니 활달한 긔상과 준수한 풍채는 딕일 헌명한 군자요, 양 소제는 화복미장538)을 가초와 교배석539)에 셧스니 중숙한 태도와 유유한 거동은 요조숙여로

---

532) 몇날.

533) 인력(人力).

534) 아미(蛾眉) : 누에나방의 눈썹이라는 뜻으로, 가늘고 길게 굽어진 아름다운 눈 썹을 이르는 말.

535) 향당친척(鄕黨親戚) : 마을 사람들과 친척들.

536) 육례(六禮) : 전통적으로 내려오는 혼인의 여섯 가지 예법. 납채, 문명, 납길, 납폐, 청기, 친영을 말함.

537) 전안청(奠雁廳) : 전통 혼례에서 전안지례를 치르기 위해 차려 놓은 자리. 대개 마당에 차일을 치고 병풍을 둘러 놓고, 큰 상 위에 솔, 대, 과일, 음식 따위를 차려 놓음.

538) 화복미장(華服美裝) : 물인 들인 천으로 만든 옷으로 아름답게 차리고 꾸밈.

다. 일장관광제인539)도 다 칭찬 왈,

"뉘가 서당에서 글 일글 젹에 뉘가 양일점이라 절대가인인 줄 아라스리요."

하더라. 날이 져물매 동방화쵹541)에 상대하니 엿정도 깁거니와 새 정이 더욱 새롭더라. 계명542) 후에 부부 이러나 학자와 부인 처소에 나가 문안하고 제삼일 만에 가묘543)에 현알하니 가닉에 히열함과 금실에 화락함을 비할 데 읍더라. 양 소제 선시에 가져왓든 봇짐을 이제야 헷쳐보니

57쪽

보화가 만금이라. 매매하야 젼장544)도 사고 노복도 씨니라. 이럭져럭 학자가 부자가 되얏더라. 갑자닌 하사월545)에 나라에서 성경과546)를 보일세 원실이 과거를 보려하거늘 양 소제 또한 함게 가고자 하야 이 연유를 구고547)게 고왈,

"과거가 규중 여자에 가당치 아니하오나 쇼부548)도 십여 연 공부하야다가 한 본도 시홈치 못하고 죽어 지하에 가도 눈을 감지 못할 거시오, 본되 스모의 간게에 빠자 부친 명영을 오라비 의지중지549)함을 입어 이 댁에 와 오륙 년을 지닉되 부친 생각과 오라바님 소식을 막연히 모르고 웃지 애달지

---

539) 교배석(交拜席) : 전통 혼례에서 신랑신부가 서로 절하는 자리.
540) 일장관광제인(一場觀光諸人) : 한 마당에서 구경하던 모든 사람들.
541) 동방화쵹(洞房華燭) : 혼례를 치르고 첫날밤에 신랑이 신부 방에서 자는 의식을 이르는 말.
542) 계명(鷄鳴) : 닭이 욺. 여기서는 날이 밝음을 말함.
543) 가묘(家廟) : 한 집안의 사당.
544) 젼장(田莊) : 개인이 소유하는 논밭.
545) 하사월(夏四月).
546) 성경과(聖經科) : 경서에 정통한 사람을 가려내던 과거. 경과(京科) : 서울에서 보이던 과거.
547) 구고(舅姑) : 시부모.
548) 소부(小婦) : 결혼한 여자가 자기를 낮추어 이르는 말.
549) 애지중지(愛之重之) : 몹시 사랑하고 중히 여김.

아니하오리가. 복원 구고는 소부의 소원을 푸려주옵소셔."

한대 학자 왈,

"네 젼일 남복함은 액운을 면고자

58쪽

함이어이와 네 츌가하야 엇지 남복하고 도로에 행하며, 과거는 팔도 션비
가 구름 모듯550) 한대 웃지 여자 용납하리요."

한대 양 소제 읍왈,

"소부 본대 불효함을 면치 못한 사람이 사라 무엇하며, 이제 죽어 또한
구고님게 불효를 면치 못하오니 생젼사후 막연한 재551)를 보셔나지 못하
고."552)

눈물만 흘이거늘 왕 씨 거동를 보시고 마음이 측은하야 학자게 고왈,

"며나리 사세는 역지사지하야도 남의 자식되야셔 다 그러할 거시오, 과
거는 볼 듯시 아니라 친가존망을 알고자 함이니 웃지 사람지정을 막으리요.
또 친정 표박하니 과도히 말유지 못할지요, 남의 알아도 그럿치 안타 할
거시니 쾌히 허락함만 갓지 못하다."

한대 학자 양구553)에 왈,

"네의 졍을 막지 못하야 허락하거니와 부듸 속히

59쪽

도라와 보양554)하라."

---

550) 모이듯.
551) 죄(罪).
552) 문맥상 필사과정 중 누락이 있었던 것으로 보인다.
553) 양구(良久) : 시간이 꽤 흐름.
554) 봉양(奉養) : 부모와 같은 웃어른을 받들어 모심.

하신티 양 씨 그제야 눈물을 거두고 재배부복하고 나와 원실과 갓치 의관
가초와 나구 하나식 동자 하나식 다리고 초당을 하직하고 길을 떠나니 천상
선관이 하강한 듯 하더라.

잇때는 녹음방초승화시[555]라. 사쳐[556] 풍경도 하고 글귀도 화답하야 여
러 날만에 경성에 다다르니 사방 선비 다 모엿더라. 조용한 곳을 차자 주인
을 정하고 과일[557]을 당하야 두리 유건[558]을 씨고 시지[559]를 엽헤 끼고 장
중에 드러가 현제판[560]을 바라보니 글제를 걸이여스되 '남품지훈혜여 회
오민지은헤로다.'[561] 하야더라. 양 씨 원실의 시지를 펼처노코 용영[562]에
먹을 가라 산호필을 들고 일필휘지[563]하니 용사비등[564]한지라. 일점이 선
장[565]하고 원실 또 양 씨에 시지를 펼처노코 일필휘지하니 이태백에

60쪽

시법[566]이요, 왕우군[567]에 필법[568]이라. 이쳔 전장하고 두리만 장중을 구경

---

555) 녹음방초성화시(綠陰芳草成化時) : 푸르게 우거진 나무와 향기로운 풀이 한창
    인 때. 즉 여름을 이리는 말.
556) 사쳐(四處) : 사방.
557) 과일(科日) : 과거 시험을 보는 날.
558) 유건(儒巾) : 검은 베로 만든 유생들이 쓰던 관(冠).
559) 시지(試紙) : 과거 시험에 쓰던 종이.
560) 현제판(懸題板) : 옛날 과거를 보일 때 문제를 써서 내걸던 널빤지.
561) 남풍지훈혜(南風之薰兮)여 해오민지온혜(解吾民之溫兮)로다 : 남풍의 훈훈함
    이여 내 백성의 슬픔을 풀어주리로다.
562) 용연(龍硯) : 용을 아로새긴 벼루.
563) 일필휘지(一筆揮之) : 글씨를 단숨에 죽 내리 씀.
564) 용사비등(龍蛇飛騰) : 용이 살아있는 것처럼 활기 있는 필력을 이르는 말.
565) 선장(先場) : 옛날 과거를 볼 때 가장 먼저 글을 바치는 일.
566) 시법(詩法) : 시를 짓는 방법.
567) 왕우군(王右軍) : 왕희지(王羲之, 307~365). 중국 동진(東晉)의 서예가. 예술로
    서 서예의 지위를 확립하였다. 우군장군(右軍將軍)의 벼슬을 해서 세상 사람
    들이 왕우군이라고도 부름.

하니 무비569) 다 글이 구생유치570)라. 주인에 나와 방을 기다리더니 잇튼날 미명571)에 방을 부르되, 전라도 무주 거하는 리원실 장원급제로 절라도 순찰사라 하고, 또 장원 둘재는 서울 거하는 양 승상 양봉의 아달 양일학은 양주목사로 제수하얏다 하거늘, 원실이 방을 듯고 일변 조와하고 일변 노하야 왈,

"남자 과거하야 입신양명 조컨니와 여자는 과거하야 무엇을 하잔말고. 과거가 도리여 걱정이라."

한대 양 씨 소왈,

"여자 과거하야 갈충보국572)하면 차역충573)이라. 장부에 흉애574) 밧고 규중에셔만 늘그리오."

한대 원실이 왈,

"이 지경이 될 줄 알면 장가들 시럽슨575) 사람이 잇슬이요."

하고 눈만 흘이더라. 이날밤 삼경에

61쪽

양 씨 옛집을 차자가니 명월누에 발근 달은 희간에 의지하고 장하원 불꼿흔 쇠잔576)하고 다만 태락577)하고 연당이 젹막578)한지라. 셕사579)를 생각하고

---

568) 필법(筆法) : 글씨나 문장을 쓰는 법.
569) 무비(無非) : 그러하지 않은 것이 없이 모두.
570) 구생유취(口生乳臭) : 입에서 젖내가 난다는 뜻으로, 말이나 행동이 유치함을 이르는 말. 구상유취(口尙乳臭).
571) 미명(未明) : 날이 채 밝지 않음. 혹은 그런 때.
572) 갈충보국(竭忠報國) : 충성을 다하여 나라의 은혜를 갚음.
573) 차역충(此亦忠)이라 : 이 또한 충성이라.
574) 흉애(胸愛) : 가슴 깊은 사랑.
575) 실없는.
576) 쇠잔(衰殘) : 쇠하여 힘이나 세력이 점점 약해짐.
577) 퇴락(頹落) : 낡아서 무너지고 떨어짐.

일장 채읍하다가 글 한 귀를 지여 문 우 부쳐스되,

'양화일점표풍거하야 우연남계접이화라. 양화일점을 여상견컨던 명조
승학하양주.'580)

하고 부슬 던지고 두로 배회581)하다가 주인집으로 도라오니 원실이 잠을
이루지 못하고 안자다가 왈,

"과거가 우리 원수로다. 이팔청춘 부부남복하고 일시나 지니리요."

하거늘 일점 왈,

"장부 웃지 일개 여자를 견연하리요. 절라도도 일등 게생이 좌우에 시
위582)할 제 날 갓흔 사람이야 웃지 꿈에나 생각하

62쪽

리요. 날 갓흔 사람이야 기생도 쓸 데 읍고 독숙공방583) 가련하다."

하니 원실이난 은별사를 상소하야 가로딕,

'그딕로 더부려 고향에 드러가 부모 보양이나 하고 한가한 사람이 되야
세월을 보닉리라.'

한대 양일학584) 왈,

---

578) 적막(寂寞) : 고요하고 쓸쓸함.

579) 석사(昔事) : 옛 일.

580) 양화일점표풍거(楊花一點漂風去)하야 우연남계접이화(偶然南界接梨花)라. 양
화일점(楊花一點)을 여상견(汝相見)커든 명조승학하양주(明朝承鶴下楊州) :
버들꽃 하나(양일점)은 바람결에 떠가더니 우연히 남쪽에서 배꽃과 사귀었구
나. 버들꽃 하나(양일점)를 당신이 만나보려 한다면 내일 아침 학을 타고(양승
학) 양주로 내려오시오.

581) 배회(徘徊) : 어떤 곳을 중심으로 어승렁거리며 이리저리 돌아다님.

582) 시위(侍衛) : 모시어 호위함.

583) 독수공방(獨守空房) : 아내가 남편 없이 혼자 지내는 것.

584) 양 소저가 양일학으로 칭하고 과거에 급제하였으므로 여기서 양일학이라 한
것은 곧 양 소저이다.

"그딘는 고향으로 가든지 절라도 가든지 아모리나 하오. 나는 양주로 가서 친민이나 하야 국은을 만분지일이나 갑고 도라가리라."

한대 원실이 더욱 분노하야 좌불안석하더라. 제삼일에 전닉에 드러가 사은 숙배할세 상이 원실을 보시고 왈,

"너는 활달한 장부라. 충성을 다하야 짐을 셩기라."

하고 양일학을 보시고 왈,

"너는 미간에 강산정기와 천지조화가 은은히 잠겨스니 흉즁에 장자방585)에 운주유학지재586)를 품어슬 거시오, 외모 너머 고으니 여자의

63쪽

기상이라."

하신딘 양일학니 다시 부복 왈,

"웃지 신첩587)이 되야 전하를 기망588)하오리가. 본딘 양 승상에 딸로 십오 세에 스모 간게 빠자 부친계서 약기589)를 나리시매, 오라비 승학이 동기지정을 이기지 못하야 약기를 깨치고 쇼여590)를 남복하야 야반에 도망하니, 모진 목슴이 죽지 못하고 유리개걸591)하야 여러 번 죽을 지경을 당하고, 우연이 절라도 지리산 적덕촌 이 학자댁에 가서 장원급제한 리원실과

---

585) 장자방(張子房) : 장량(張良, ? ~ BC 168). 자는 자방. 한나라 고조 유방의 공신. 선견지명이 있는 책사로 유명함.

586) 운주유악지재(運籌帷幄之才) : 운주유악은 천하통일을 한 유방이 잔치를 하며 자신이 천하를 얻을 수 있었던 것을 신하들에게 설명하면서 나온 말로, 장막 안에서 계책을 운영한다는 뜻이다. 그러므로 운주유악지재는 그러한 능력을 가진 사람을 의미하는 말이다.

587) 신첩(臣妾) : 여자가 임금을 상대하여 자기 자신을 낮추어 이르는 말.

588) 기망(欺罔) : 남을 속여 넘김.

589) 약기(藥器) : 약그릇. 여기서는 죽을 약을 지칭하는 표현임.

590) 소녀(小女).

591) 유리개걸(流離丐乞) : 정처 없이 떠돌아다니며 빌어먹음.

오 연공부하옵고 종젹니 탄로하야 원실과 부부되옵고, 부친종망592)과 오라
비 사생을 몰라 주야로 셔러하다가 이번 과거에 참예593)하야사오니 쳔은이
망극하오나 신쳡이 시 가지594) 죄를 지여사오니 한 가지를 당초에 부친 명
을 어기여삽고 죽어 맛당하옵고, 두 가지는 젼

64쪽

하를 기망하야 과거를 참예하야사오니 죽어 맛당하옵고, 세 가지는 남자
의 뜻을 거사려사오니 죽어 맛당하오이다. 복원 즌하595)는 하태지덕596)을
나리사 신쳡에 버살을 오라비 승학의게 하교하사 가업을 일우원597) 선조
향화598)를 밧게 하옵시고 신쳡은 속히 죽어 쳔추에 법을 발키소셔."
한디 백관599)을 도라보와 왈,
"이런 일은 쳔고에 읍는 일이로다. 네가 부명600)을 어기면601) 쳔지신령
이 도의심이요, 네 과거에 참예함은 일월성신이 충심을 발키심미요, 져 원
실과 오 년 공부하야 만장에 드려와 동방급졔602)함은 만고졍열이라. 웃지
죄라 하리요."
하시고 즉시 하교하사, 양승학에 일홈을 일학이라 고치고 경할님학사603)

---

592) 부친죤망(父親存亡) : 아버지의 생사.
593) 참예(參預) : 어떤 일에 끼어 들어 관계함.
594) 세 가지.
595) 젼하(殿下) : 왕이나 왕비, 왕족을 높여 부르는 말.
596) '하해지덕(河海之德)'의 오기이다. 하해지덕 : 넓은 바다와 같은 덕.
597) 이루워.
598) 향화(香火) : 제사를 이르는 말.
599) 백관(百官) : 모든 벼슬아치. 모든 신하.
600) 부명(父命) : 아버지의 명령.
601) 어김은.
602) 동방급졔(同榜及第) : 두 사람이 동시에 과거에 급제함.
603) 겸한림학사(兼翰林學士) : 한림학사를 겸하여.

양수목사[604]로 립시하라 하시고, 즉시

65쪽

양 씨를 츙효열녀부인 가자[605]를 나리시고, 리 학자 살님쳐사겸간외대부[606]를 봉하시고, 왕 부인은 정경부인[607]을 나리시고, 원실을 졀라도 순찰사 겸 도어사를 제수하시고, 대연을 배셜를 하시고 원실과 양 소제를 각각 상사[608]하시더라. 원실이 닉의 남복옷으로 떠날가 하다가 양 소제 안색을 보고 상쾌하야 소제 남매 함게 양 승상 집에 드려가 못네 질겨하되, 소제는 모친과 부친을 생각하고 비회 교잡[609]하더라.

　잇튼날 소제와 승학과 원실과 모친 산소에 올라 일장통곡하고 소제 무려 왈,
　"어머님 산소 압해 무덤은 뉘 무덤이요?"
한딕 승학이 우셔 왈,
　"매제에 무덤을 매제가 모르난요."
하고 젼후곡절

66쪽

과 혓장하든 사연을 낫낫이 셜화하더라. 잇튼날 승상 산소에 올라가 소제 젼후 사연으로 축문 지여 고하니라. 십여 일만에 졀라도 신연[610] 하인이 현신한딕, 순찰사 각읍에 행관[611]하야 무주 지리산 젹덕[612] 이 쳐사댁으로

---

604) '양주목사(楊洲牧使)'의 오기이다.
605) 가자(加資) : 조선시대 관원들의 품계를 올려주던 일. 또는 그 올린 품계.
606) 산림처사겸가의대부(山林處士兼嘉義大夫) : 산림처사 겸 가의대부. 가의대부는 종이품의 문관 품계.
607) 정경부인(貞敬夫人) : 조선시대에 종일품, 정일품 문무관의 아내에게 주던 봉작.
608) 상사(賞賜) : 칭찬하여 상으로 물품을 내려 줌.
609) 교잡(交雜) : 서로 한데 어울려 뒤섞임.
610) 신연(新延) : 새로 부임하는 감사나 수령을 그 집에 가서 맞아오던 일.

대연을 배설하라 하고, 일학은은613) 양주로 도임하라 보내고, 찰사614) 행관을 가초와 절나도로 나려갈 때 풍악 소래는 산천이 쟁하하고615) 기치거마616)는 수십 니에 벼려더라. 여려 날만에 무주지성에 당하니 각읍 수령더리 나와 지디하고 구경하는 사람 만산펼야한지라. 츙열부인 부부한디 젹덕이 셩황 다시 기록하고 채단과 축문을 지여 제하라 하시니 원니 양 씨 젹덕에 드려갈제 셩황이 백호를 물니친 은덕으로 함이라. 본댁에 드

67쪽

려가 양위617) 존당 문안하고 산님쳐사간에 디부, 쳥경부인618) 가자를 올이고 풍악을 가초고 가묘에 현왈619)하고 향당친척을 모와 삼일 잔채하니 관광제인니 뉘 안니 층찬하리요. 순찰사 부모를 뫼시고 한가지로 절나부에 도임코자 하거늘 쳐사 왈,

"나는 세상 분요620)한 데 조와 아니하니 너는 밧비 가 민졍621)을 살피라." 하신디 순찰사 할릴읍셔 츙열부인과 양당게 하직하고 부즁에 도님하니라. 순찰사 부인다려 왈,

"늬 몸이 어사를 겸하야스니 도닉에 암행하야 민졍을 살필 거스니."622)

---

611) 행관(行關) : 공문을 보내던 일.
612) '촌'자가 빠졌다.
613) '은'자가 중복 필사되었다.
614) '순'자가 빠졌다.
615) '쟁쟁하고'의 오기인 듯하다.
616) 기치거마(旗幟車馬) : 깃발과 수레와 말.
617) 양위(兩位) : 부모.
618) '졍경부인(貞敬夫人).'의 오기이다.
619) 현알(見謁) : 찾아가 뵘.
620) 분요(紛擾) : 어수선하고 소란스러움.
621) 민졍(民情) : 백성의 사정.
622) 이원실의 대사가 마무리되지 못한 것을 보니 필사 중 몇 글자가 누락되었다.

부인 왈,

"닉 한 말을 하고자 하니 명심불망[623]하소셔. 젼일 친가에 잇슬듸 몽낭과 자객 김쳘이는 만고흉적이니 자세히 근포[624]하야 자바 영문[625]으로 보닉소셔. 이 장금[626]은 김

68쪽

쳘니가 닉에 오라바님을 죽이라 하든 칼이오니 가지고 가셔 근포하소셔." 하거늘 어사 바다 짐에 간수하고 이날밤 삼경에 츌포[627] 수십 명을 다리고 써나니라. 어사 방방곡곡 차자다니여 인심 슌악을 살피며 젼궐리 주졈을 차자[628] 주모와 몽낭이 힛자를 쎄야 왈,

"외닙[629]을 여려 해 햐야 주색쳥누를 만히 귀경하야스되, 셔울 양 승상에 쳡연 연션의 소래만침 하나 니 읍더라[630]."

또한 사람이 출반주[631] 왈,

"네 양 승상에 딸 일졈을 보더면 기졀할 번 하앗다."

하거늘 무수히 화답하난지라. 으사[632] 방 안에서 그 수다한 말을 듯고 출사[633]를 불러 장금을 주며 왈,

"이 칼을 가지고 져 사람덜계 눈치 잇게 살피고 근본 승명을 아라오라."

---

623) 명심불망(銘心不忘) : 마음에 깊이 새겨 잊지 않음.
624) 근포(跟捕) : 죄인을 찾아 쫓아가서 잡음.
625) 영문(營門) : 감영(監營). 관찰사가 직무를 보던 관아.
626) 장검(長劍).
627) 츌포(出捕) : 죄인을 잡기 위해 파견나온 포졸.
628) 문맥을 볼 때 이후 얼마간이 필사과정 중 누락되었다.
629) 외입(外入) : 아내가 아닌 다른 여자와 육체적 관계를 맺는 일. 오입(誤入).
630) 소리만큼 하는 이 없더라.
631) 출반주(出班奏) : 여러 사람이 모인 중 맨 먼저 말을 꺼냄.
632) 어사.
633) 출사(出使) : 조선시대 벼슬아치가 지방에 출장 가던 일. 또는 그 벼슬아치.

한듸 나졸이 칼을 가지고 주석에 안지며 왈,

"좌즁 친구님늬 다 평안하시요. 황해도 해주

사람으로 이곳에 장사차로 왓더니 수월 병이 들어 여간 전양[634] 다 쓰고 다만 장금 하나 나마스니 돈문[635]이 되시던지 적션하라 하고 즌관[636]이나 쥬소셔."

한듸 좌즁이 다 묵묵한되 그 즁 한 사람이 그 칼을 자세히 보고 왈,

"친구 이 칼을 어듸에서 삿소? 자객질 하난 물건이요?"

하거늘 답왈,

"육칠 년 전에 셔울 갓다가 시졍[637]에서 백금을 주고 삿노라."

하거늘 그 사람이 답왈,

"이 칼은 완연한 늬 칼이라. 님자를 졀노 차자왓다."

하고 죵인[638] 왈,

"승씨[639] 뉘 댁이요, 어듸 가시며?"

기인이 왈,

"승은 김이요, 살기는 남해셩이로다."

하며 몽낭을 불러 왈,

"자늬 집에 돈 열 양만 늬야 이 친고 주라."

하니 몽낭이 의심 응시[640] 늬여 주거늘 중인이 바다 노코 술 한 잔식 난화주니

---

634) 전냥(錢兩) : 그다지 많지 아니한 돈.

635) 문(文) : 조선시대 화폐단위. 1문은 1푼에 해당.

636) 전관(錢貫) : 엽전으로 한 관 안팎의 액수를 이르는 말.

637) 시정(市井) : 인가가 모인 곳.

638) 종인(從人) : 남에게 종속되어 따라다니던 사람. 종자(從者).

639) 성씨(姓氏).

640) 없이.

"남아가 세상에 쳐하매 돈이 평생

남나이 절쳐봉상(641)지리오,"

김쳘이 몽낭더려 왈,

"그 친고도 오입한 친고로다. 금쳘이 장사 왓다가 패하얏다 하니 무면도 강동(642)니 우리와 갓치 당기며 장사하며 미쳔(643) 으더가지고 가는 거시 웃더한요?"

종인 왈,

"하상견지만(644)오. 늬 평생에 형 갓튼 사람은 만늬여 갓치 가자."

한되 좌우 다 좃타 하고 바든 후에 가니라. 이로 볼진되 하날이 슨악을 과름(645)이니 웃지 무심하리오. 남의 제물을 도적하여 기탄(646) 읍시 단기더니 이날 제 입으로 근본탈로(647)하여 어사 종인을 다리고 제 집으로 가니 쳔도 무심치 아니함을 알러라. 종인이 김쳘에 드러가 보니 셤 즁에 드러가보니 지관이 삼십이요, 민가가 마흔지라. 사실을 탐지하고 십여 일 후에 젼주 고 부자집 거처오난 길에 도망하야 오난 길에 어사게 뵈옵고

젼후 사실을 다 알외니, 어사 각읍에 비라하야 모일 삼경 자최 읍시 화병 쳔 명식 거나리고 젼주셩 남문 박게 뫼복하얏다가 큰 도적을 잡으라 하고

---

641) 절쳐봉생(絶處奉生) : 오도 가도 못할 막다른 판에 요행히 살길이 생김.
642) 무면도강동(無面渡江東) : 일에 실패하여 고향에 돌아갈 면목이 없음을 이르는 말.
643) 밑천.
644) 하상견지만(何相見之晚) : 서로 만남이 어찌 이리 늦었는가.
645) 가름 : 사물이나 상황을 분별하거나 구별하는 일.
646) 기탄(忌憚) : 어렵게 여겨 꺼림.
647) 근본탄로(根本綻露) : 밝히지 않았던 자신의 혈통을 드러냄.

해남 팔진을 풀어 모일 성중에 드려가도록 하고 남녀간 씨를 남기지 말라.

그날 어사 종인 수십 인을 다리고 부자에 가 동정을 살피고 부자 어사인 줄 모르고 왈,

"걸불병행[648]이어던 읏지 수십 인식 한날 한 집에 도회[649]하는고. 가장 수상하다."

하더라. 젼역[650] 후에 김쳘이 수백 인을 다리고 드러와 주인을 보고 왈,

"우리는 홍길동에 활빈당[651] 행색이니 밧비 돈 삼쳔 양만 닉여 노흐라."

한데 주인이 기가 막혀 왈,

"아모리 부잔들 졸지에 삼쳔 양을 준비하리요. 무가닉[652]하라."

하니 김쳘니 동유[653]를 호령하야,

"주인을 결박하라."

하니 수백 명이 일시에 달려드려

72쪽

버게[654]갓치 결박하니 어사도 그 즁에 결박하얏더라. 몽낭이 또 오백 명을 다리고 방포상셩[655]에 쳘통갓치 드려와셔 둘려싸고 세간과 재물을 탈취할 지음에 사면에 놋고함셩[656]니 일시에 싸며 쳘통갓치 둘려싸고 젹장 쳔여 명을 자바노코 결박한 사람은 다 푸려노니 정신 이러스되 어사 홀로 마패

---

648) 걸불병행(乞不竝行) : 구걸은 여럿이 함께 하지 않는다는 뜻.
649) 도회(都會) : 모임 따위에서 모두 모임.
650) 저녁.
651) 활빈당(活貧黨) : 예전에 부자의 재물을 뺏어다가 가난한 사람들을 도와주기 위해 결성된 도적의 무리.
652) 무가내(無可奈) : 어찌 할 수 없음.
653) 동류(同類) : 같은 무리.
654) 번개.
655) 방포상성(放砲上聲) : 총이나 포를 쏴서 나는 큰 소리.
656) 뇌고함성(擂鼓喊聲) : 북을 빨리 치는 소리와 여러 사람의 고함 소리.

닉여 손에 들고 호령을 셔리 갓치 하야 왈,

"너희는 순찰사겸도어사를 모르난야? 수두⁶⁵⁷⁾놈 김철과 몽낭과 철사로 얼거 철망에 너어 감영으로 보닉고 나마지 죄인은 다 진영으로 보닉여 다 버히라."

한듸 어사 각읍에 다 살핀 후에 영문에 화관⁶⁵⁸⁾하니 양 부인이 층찬 왈,

"닉외 원수 두 놈을 잡아스니 이제 죽어도 한이 읍다."

하고 제삼 일에 좌기를 차리고 몽낭과 김철을 드리여 형벌 왈,

"너는 양 승상댁에 지은 죄를 기망말고

73쪽

낫낫치 알외라. 양 승상 딸 일겸도 이 좌기에 참예하얏다."

하니 몽낭이 혼불부신⁶⁵⁹⁾하야 왈,

"소인니 본대 김해셩 사람으로 이종누⁶⁶⁰⁾ 연션을 따라 양 승상댁에 사환⁶⁶¹⁾하옵더니 소인도 연션에 간게의 빠자 연당 협방에 외남히 드러가 듸감이 협방문을 여는 고로 급박하야 듸감 가심을 밀치고 다라난 죄 만사무셕⁶⁶²⁾이 압고, 그 후에 연션니 승학 공자를 해코자 하야 천금으로 자객을 구하라하라⁶⁶³⁾ 하기로 김철을 천거한 죄도 만사무셕이옵고, 인하야 도망하야 해주에 드려가 도적이 되엿사오니 또한 만사무셕이요. 다른 죄는 읍나이다."

한되 양 부인니 한되 호령 왈,

"져 놈에 세 가지 죄가 다 살지 못할인니 사지를 찌저 기름 까마⁶⁶⁴⁾에

---

657) 수두(首頭) : 어떤 일에 앞장서는 사람. 또는 우두머리.
658) '회관(回舘)'의 오기인 듯하다. 회관 : 숙소로 돌아옴.
659) 혼불부신(魂不附身) : 몹시 놀라 넋을 잃음.
660) 이종(姨從)누이.
661) 사환(使喚) : 심부름을 함.
662) 만사무셕(萬死無惜) : 만 번 죽어도 아깝지 않음.
663) '하라'가 중복 필사되었다.

살마 바닷물에 너흐리라."
하고, 김철

이 알외딕,

  "소인은 해남부 사람으로 십 연 금술⁽⁶⁶⁵⁾을 배화 경성에 가 유하옵더니 몽낭에 꽤에 빠자 천금을 밧고 연션에 방에 드러가 간게를 듯고 밤을 기다리더니 딕감니 드러오시기로 칼조차 바리고 도망하야 몽낭과 갓치 고향으로 왓더니, 해남부에셔 또 딕감이 관자를 나려 급히 잡으라 하는 고로 성 즁에 드려가 신운을 만나지 못하야 적당⁽⁶⁶⁶⁾이 되야다가 이 지경이 되얏나이다. 뉘를 원망하오리가. 밧비 쳐치하소셔."
한딕 순찰사 호령하되,

  "져 놈더들⁽⁶⁶⁷⁾ 거리에거리에⁽⁶⁶⁸⁾ 쳐참하라."
하더라. 이날 팔진에셔 셥⁽⁶⁶⁹⁾ 즁 도륙한 장계⁽⁶⁷⁰⁾를 일시에 올이거늘 이러구러 수년 되매 시화연풍⁽⁶⁷¹⁾하고 백성이 격양가를 부르고 도늬에 무일사⁽⁶⁷²⁾하니 방방곡곡에 비를 세워써되 순찰사겸도어사 이공만세불망비⁽⁶⁷³⁾라 하엿더라. 슬

---

664) 가마.
665) 검술(劍術) : 검을 가지고 싸우는 법.
666) 적당(賊黨) : 도적떼.
667) 저 놈들을.
668) '거리에'가 중복 필사되었다.
669) 섬.
670) 장계(狀啓) : 중요한 일을 보고하던 문서.
671) 시화연풍(時和年豐) : 나라가 태평하고 풍년이 듦.
672) 무일사(無一事) : 사건, 사고가 하나도 없음.
673) 이공만세불망비(李公萬世不忘碑).

푸다, 이 쳐사와 부인 연만 칠십에 우연 득병하야 날로 점점 지즁하기로 전라부에 기별하니 순찰사 황황망초674)하야 나라에 상소하야 벼살을 갈고 급히 본댁에 도라오니 발사 백운이 청산을 두르고 청학니 쌍쌍니쌍쌍니675) 울거늘 순찰사와 양 부인니 더욱 망극하야 양당676)에 드러가니 발셔 운명 하얏난지라. 순찰사는 손가락을 깨무려 쳐사 입에 흘리고 양 부인도 손가락을 깨무러 왕 분인677) 입에 흘이니 청천이 감동하사 쳐사와 왕 부인니 해생678)하야 눈을 뜨고 양 씨와 원실을 도라보와 왈,

"숨이 재촉하야 너에 얼골을 다시 못볼가 하얏더니 명쳔이 감동하사 너의 효성을 감동히 하사 다시 보고 죽게 하시니 여한니 읍거니와 너회난 과도 슬허말고 영화부귀 극진할 거스니

다시 세상에 나지 말고 직업을 즉키여 산즁재상679)이 되라."
하시고 삼 일 후 인하야 기셰680)하니 양 씨와 원실니 호쳔고지통곡681)을 일즈682)에 당하니 애해망극함을 비할듸 읍더라. 예월683)을 당하야 션산에

---

674) 황황망초(遑遑罔焦) : 근심으로 애가 타 어찌할 줄을 모르게 급함.
675) '쌍쌍이'가 중복 필사되었다.
676) 양당(兩堂) : 내당과 사랑을 말함.
677) '부인(夫人)'의 오기이다.
678) 회생(回生).
679) 산중재상(山中宰相) : 산중에 은거하면서 나라에 큰 일이 있을 때만 나와 일을 보는 사람을 비유적으로 이르는 말.
680) 기세(棄世) : 세상을 버림. 웃어른이 돌아가심을 이르는 말.
681) 호천고지통곡(呼天叩地痛哭) : 몹시 슬퍼서 하늘을 우러러 부르짖고 땅을 치면서 소리 높여 욺.
682) '일조(一朝)'의 오기이다.
683) 예월(禮月) : 초상 뒤에 장사 지내는 달.

안장하고 삼년초토를 극진히 밧드니 향당친척이 다 항복하더라. 원실이 다시 세상에 나 벼살할 듯시 읍셔 구름 속에 밧⁶⁸⁴⁾ 갈기와 강태공에 고기 낙기를 일삼아 세월를 보늬고 한가한 사람이 되야 부친 직업을 이루고 그럭저럭 셰월를 보늬더니 잇때 남월왕 동구 강셩하야 즁원을 침범하니 천자 여러 번 패하야 사셰위급지라. 열국⁶⁸⁵⁾에 청병⁶⁸⁶⁾세 백관이 모다 주왈,

"해동 실라국은 자고로 역사⁶⁸⁷⁾와 명장이 만은 고로 청병을 실라국에 패문⁶⁸⁸⁾을 보늬여 바로 오초지경⁶⁸⁹⁾에 와 합병⁶⁹⁰⁾하

77쪽

야 남월을 쳐 파하면 동구은 스사로⁶⁹¹⁾ 항복할가 하나이다."

천자 올히 여기사 실라국에 사신을 명하야 보네니 실라왕이 대국 청병패문을 보시고 놀래여 백관을 모와 왈,

"즁국 패문이 왓슨덜 뉘 능히 적국을 소멸하고 도라올가?"

하신듸 좌우 묵묵무답이여늘 우승상 김공필니 출반주왈,

"오륙년 전에 절라도 순찰사 리원실니 남해 섬 즁에 적장⁶⁹²⁾ 여러 백 명을 일초에 잡으스니 지락과 재긔과인하니 신의 소견에는 이에셔 너믈 사람이 읍슬가 하노이다."

왕이 가라듸,

"리원실니 도어사를 하직 후에 벼살에 오르지 아니면 무삼 연고요?"

---

684) 밭.
685) 열국(列國) : 여러 나라. 제후의 나라.
686) 청병(請兵) : 군사를 청함.
687) 역사(力士) : 뛰어나게 힘이 센 사람.
688) 표문(表文) : 예전에 사용하던 외교문서의 하나.
689) 오초지경(吳楚地境) : 오나라와 초나라의 국경.
690) 합병(合兵) : 둘 이상의 부대를 합쳐 한 부대로 편성함.
691) 스스로.
692) 적장(賊將) : 도적떼의 우두머리.

김공필 쥬왈,

"이원실니 제 양친 삼년초로[693] 후에 조정에서

찾지 안인 고로 제 고향에셔 때를 기다리고 경성에 오지 안니하니라."

왕이 왈,

"짐이 불명[694]하도다. 그런 인재를 몰라보고 쓰지 못하얏다."

하시고 즉일 명초[695]하시되 병부상셔겸음영장군 유지[696]를 나려주시니 병조셔리와 좌우나졸니 절라도 지리산 젹덕에 드려가 순찰사댁을 차자 유지를 올인되 니원실니 유지를 밧들고 북향사배한 후에 되왈,

"늬 부친에 뜻슬 이여셔 산즁에셔 늘그랴 하얏더니 어명을 웃지 거역하리요."

늬당에 드려가 부인을 보고 하직한되 부인 왈,

"장부 세상에 쳐하야 대공을 셰워 승명 죽백[697]에 올여 쳔추[698]에 젼함이 당당하거니와 가군[699]니 무삼 재로 말니타국 쳥병장니 되야스리요. 나도 함가지로 셔울 가 탑젼[700]에 상소코자 하노라."

하고 뒤를 따르거늘 원실니 마지 못하야 이날

---

693) '삼년초토(三年草土)'의 오기이다.

694) 불명(不明) : 사리에 어두움.

695) 명초(命招) : 임금의 명으로 신하를 부름.

696) 유지(諭旨) : 임금이 신하에게 내리던 글.

697) 죽백(竹帛) : 역사를 기록한 책을 이르는 말.

698) 천추(千秋) : 오래고 긴 세월.

699) 가군(家君) : 남편.

700) 탑전(榻前) : 왕의 자리 앞.

한가지로 길을 떠나 청학산 삼십 니 지경에 유숙할 제 청풍니 이려나며 청의동자 둘니 압헤나려와 읍하야 왈,

"우리 션생님니 상셔 늬외분니 청하시기로 왔나이다."

하거늘 원실은 아지 못하고 양 부인니 깨닷고 왈,

"나를 적덕으로 지시하든 도인이로다."

하고 즉시 상셔와 한가지로 동자를 따라 긔구석경으로 올라가니 송죽은 옛 빗치요, 산수는 잔잔한데 수간초옥니 의구하고 등촉니 회황하거늘 동자 인도하야 초옥에 드려가니 도인니 이려나 반겨 왈,

"양 소제는 기간 무양[701]하며 졍병상 이 상셔은 쳥운[702]의 마시 웃더하요?"

상셔 부부 다시 재배 왈,

"우리 이쳐름 되기는 되인에 승덕이요, 이 젼후화복을 자세히 가라차 주소셔."

하고 양 부인은 안으로 드려가 도사 부인게 재배하온듸 부인이 양 씨 등

을 어리만자 왈,

"세상 소식니 막연하더니 기간 부귀하야 고진감늬지이치[703]를 아난가?"

한가지로 외당에 나려가 니 상셔 폐코자 하거늘 도사 소왈,

"상셔는 폐치 말라. 옹셔지예로[704] 알라."

한듸 상셔 예필좌정 후에 청의동자를 명하야 쳥명주와 차과를 늬야 상셔 부부를 권하거늘 상셔 부부 치사한듸 도사 왈,

---

701) 무양(無恙) : 몸에 병이나 탈이 없음.
702) 쳥운(靑雲) : 높은 지위나 벼슬을 비유적으로 이르는 말.
703) 고진감래지이치(苦盡甘來之理致) : 어려움이 다하면 좋은 일이 온다는 이치.
704) 옹셔지례(翁壻之禮) : 장인과 사위 간의 예의, 예법.

"타국 중임705)이 되야 무슨 묘책으로 남월 동구를 파하야 하는고?"

상셔 부부 왈,

"연간 두루여 지인이 본디 지략과 용역이 읍사으고 문건이 젹사오니 죽을 뫼책방계 읍나이다."

도사 왈,

"늬 연젼에 양 소졔를 약간 술법을 가라쳐스니 한게706) 가셔 공을 이루고 수히 도라와 부귀를 누리라."

하고 또 옥져 일 게와 백병707) 일 개를 주며 왈,

"백병은 죽을 디 당하거든 쓰고 옥져는 두리 부난디

81쪽

로 가질 거스니 시험하라."

하신되 상셔 몬져 불려 보니 입만 압으고 소래 나지 안니하거늘, 양 씨 또한 바다 부니 소래 처량하야 벽공708)에 솟는지라. 도사 딕히하야 갑주709) 두 별710)과 칠셩장금 둘을 주며 왈,

"일로 큰 공을 이루고 일홈을 인늬하고 이곳은 오래 머무지 못하나니 빨이 나가라."

한듸 양 씨와 상셔 다시 이려711) 재배 왈,

"딕인에 은혜는 백골난망이언이와 하일하시712)에 다시 뵈오리다?"

---

705) 중임(重任) : 중요한 임무, 또는 그런 임무를 하는 지위.
706) 함께.
707) 백병(白甁) : 하얀 병.
708) 벽공(碧空) : 푸른 하늘.
709) 갑주(甲冑) : 갑옷과 투구.
710) 벌.
711) 일어나.
712) 하일하시(何日何時) : 어느 날 어느 때.

도사 왈,

"오십 연 후에 천상연분이 잇슬 거스니 다시 뭇지 말라."

상셔 부부 하릴읍셔 도사와 부인게 하직하고 객점⁷¹³⁾에 도라오니 미월⁷¹⁴⁾ 오경⁷¹⁵⁾에 계명성이 들니거늘 바로 떠나 수일만에 경셩에 득달하야 탑전에 숙배한듸 양 씨 또한 상소

82쪽

하고 뵈인듸 왕 왈,

"짐이 불명하야 경을 오래 보지 못하니 붓그럽도다. 그러나 듸국 청병 패문이 왓스니 경이 수고를 헤아리지 말고 수이 도라오미 읏더한요?"

원실이 부복 주왈.

"신니 용약⁷¹⁶⁾ 읍사오나 국은을 입어 존공을 입사오니 읏지 수화⁷¹⁷⁾ 즁이라도 졔하오리가. 한본 나가 위업⁷¹⁸⁾을 빗닉리라."

하니 왕이 대히하야 양 씨를 도라보와 왈,

"너는 소원을 자셰히 아뢰라."

하신듸 양 씨 부복 주왈,

"신쳡이 비록 여자오나 쳥학산 도사에게 술법을 배화 한 변도 시험치 못하니 평생에 원⁷¹⁹⁾니읍나이다. 쳔은을 입사와 만분지일이나 갑지 못하얏사오니 복원복원 황상은 여자라 의심말고 도로 양일학이라 변하고 후군장이 되야 가군을 따라 군사를 살피게 하소셔."

---

713) 객점(客店) : 오가던 사람들이 음식을 사 먹거나 쉬던 집.
714) 미월(微月) : 가늘게 빛나는 달.
715) 오경(五更) : 새벽 세 시에서 다섯 시 사이.
716) 용략(勇略) : 용기와 지략.
717) 수화(水火) : 매우 곤란한 환경을 비유적으로 이르는 말.
718) 위업(偉業) : 위대한 업적.
719) 원(願) : 소원.

한딕 왕이 좌우

를 도라보아 왈,

"양 씨에 말이 가장 크나 경에 소견이 웃더한요?"

하신딕 혹은 가라 하고 혹은 불가라 하고, 우승상 김공필이 주왈

"사람에 재조은 칙양치 못하나니 웃지 여자를 혐이하리요. 또 도사에게 술법을 배왓다 하니 웃지 즌하를 기망하리요. 복원 즌한720)는 의심치 마시고 하교하소셔."

리원실로 션봉장을 봉하고 양 씨로 후군장을 증하사 정병 일 만을 주신 딕 양장수721) 명하고722) 나와 양주집에 이르니 오라비를 보고 왈,

"오라바님은 닉 일홈으로 양주목사를 하고 나는 오라바님 일홈으로 후군장이 되니 그로 쏘한 영광이로다."

하고 밤을 지낸 후 용복을 가초고 군마 휘동723)하야 써나니 만조백관이 문에 나와 즌송하니 긔치금광과 거마지중이 비

올 데 읍더라. 여려 날만에 남회724) 진두725)에 다다르니 큰 배를 잡아 군마를 실고 만경창파 돗을 놉히 달고 범범중해726) 써나갈졔 순풍이 불며 수일만에 오초지경에 다다르니 중국대장 셔응택이 여려본 싸화 대패하니 물려

---

720) 전하(殿下).
721) 양장수(兩將帥) : 두 장군.
722) '명받고'의 오기이다.
723) 휘동(麾動) : 지휘하여 움직이게 함.
724) 남해(南海).
725) 진두(津頭) : 나루터.
726) 범범중해(泛泛中海) : 물이 가득한 바다 가운데.

와 유진727)하고 구안병728) 오 만을 거나리고 실라국 청병대장 니원실 반겨

마자보고 대히 왈,

"장군은 평안히 와게시니가?"

하거늘 원실니 수긔729)를 드려 읍하야 왈,

"쇼장은 청행으로 무사이 왔거이와 장군은 긔체무양730)하시이가?"

이다 각각 진을 치고 쉬더라. 이날밤 삼경에 남월니 승승장구하야 양

진731)을 두려싸고 급히 치거늘 원실니 분우732)에 딕병을 만나 아모리 할

줄을 모르고 척장츌하려한딕 우군장 양일학이 말여 왈,

"지형과 젹국 허실

85쪽

를 모르고 감히 침범하리요. 염여말라."

하고 목인733) 여덜을 만드려 팔방734)을 옹위735)하야 혼백을 붓쳐 장금을

드려 나아간736) 대젹하라 하고 와원부동737)하니 목장 팔 인이 일시에 나가

좌즁우돌하야 외여 왈

"젹장은 자셔이 드르라 우리는 동방 목장군이려니 천자의 명을 바다 청

---

727) 유진(留陣) : 군사들이 머물러 있음.

728) 구원병(救援兵).

729) 수기(帥旗) : 대장의 군기(軍旗).

730) 기체무양(氣體無恙) : 몸과 마음에 병이나 탈이 없음.

731) 양진(兩陣) : 원래는 대적하고 있는 두 진을 말하나, 여기서는 중국과 우리나라
의 두 군대의 진영을 말함.

732) '불의(不意)'의 오기이다.

733) 목인(木人) : 나무로 만든 사람 형상.

734) 팔방(八方) : 사방(四方)과 사우(四隅)의 여덟 방위. 동, 서, 남, 북, 동북, 동남,
서북, 서남을 말함.

735) 옹위(擁衛) : 주위를 둘러쌈.

736) '나아가'의 오기이다.

737) 와원부동(臥院不動) : 처소에 누워 움직이지 않음.

병으로 왓스니 뉘 능히 당할 재 잇거든 빨리 나와 마지라."

호령이 추상 갓거늘 적진에셔 어대로 응할 재 아지 못하야 사방으로 분주만한 목장 팔 인니 짐짓 호령하여 공즁에 소스여 칼만 번개 갓치 번드기니 장졸이 졍신을 일코 눈을 쓰지 못하야 셔로 발혀죽은 재 무수하거늘 남월이 듸경하야 군사를 거드워 삼 일을 나지

86쪽

안커늘 나무입738)만 나라도 목장군인가 놀니여, 새가 나라도 목장739)에 호통인가 하더라. 날이 발그매 쳔조대장740)니 군병을 명하야 실라진에 가 밤에 싸홈하든 팔 장니 원수를 쳥하야 오라하거늘 군관이 층영741)하고 신나진에 이르러 원실게 아뢰되 원수 목인 여덜을 군사로 하야금 다리고 쳔됴진문에 이르려셔 응택을 뵈온듸 응택 왈,

"져 압헤 허자비742) 무어시야?"

원수 답왈,

"간 밤에 행행하든 팔 장이로소이다."

응택 소왈,

"장군히 기망하도다. 져거시 웃지 진즁에 행행743)하리오. 옛날 졔갈양니 목우유마744) 잇다 하되 목인니 싸홈한다는 말은 못드럿노라."

원실이 듸왈 ,

---

738) 나뭇잎.
739) '군'자가 빠졌다.
740) 쳔조대장(天朝大將) : 천자의 조정에서 나온 대장.
741) 청령(聽令) : 명령을 주의 깊게 들음.
742) 허자비 : 허수아비.
743) 횡행(橫行) : 아무 거리낌이 없이 제멋대로 행동함.
744) 목우유마(木牛流馬) : 중국 삼국시대에 제갈량이 식량을 운반하기 위해 말이나 소의 모양으로 만든 수레. 기계장치를 만들어 움직이게 하였다 함.

"소장니 읏지 장군을 기망하리요."

한디 응택 왈,

"그려하면 지금 져 목인으로 하야금 내게 군예745)로 뵈이라."

하거늘 원실니 일학

87쪽

에 가라치는 디로 경계746)하니 목인 팔 장이 일시에 이려나 군예로 뵈인디 응택이 대경하야 왈,

"이난 쳔고에 읍난 술법이라. 이제야 남월 동구를 다시 근심하리요. 장 군은 속히 도적을 쳐 파하라."

하고,

"한가지로 쳔조747)에 올라가 황제 근심을 들라."

하거늘 원실니 답왈,

"소장이 비록 용열하나 장군은 근심치 말고 이곳에셔 쉬이소셔."

하고 본진으로 도라와 일학으로 행군하야 남월을 초차748) 대젼할세 남주작 북현무 동쳥용 셔백호 즁앙긔749)를 셩긔750) 후에 수생화사 두자문751)을 으 하야752) 세우고 쳥강쳥십이셩을 화혹으로 응하야 건곤감소진틱감이753) 팔

---

745) 군례(軍禮) : 군대의 예절.

746) 경계(經偈) : 주문을 읊조림.

747) 쳔조(天朝) : 천자의 조정을 제후의 나라에서 이르는 말.

748) 쫓아.

749) 남주작북현무동쳥룡셔백호즁앙기(南朱雀北玄武東靑龍西白虎中央旗) : 민속에 서 동서남북을 말하는 신령스런 동물을 그린 깃발과 가운데 세우는 깃발을 말함.

750) 셩긔(成旗) : 기를 세움.

751) 수생화사두자문(水生火死頭字門) : '수생'과 '화사'라고 머리글자가 쓰인 문.

752) '응하야'의 오기이다.

753) 건곤감손진태간이(乾坤坎巽震兌艮離) : 팔괘인 건(☰), 곤(☷), 감(☵), 손(☴),

방을 벌여 육갑육정754) 부부육기755)를 응ᄒᆞ야 스두풍비육화진756)을 치니 진퇴는 쳐쳐분명757)ᄒᆞᆫ지라. 남월왕과 호

돌통이 쟝스ᄌᆞ진758)을 치고 쟝딕의 올나 실ᄂᆞ국 청병 딕즁 리원실의 진을 슬펴보이 완연흔 졔갈양에 팔진도법이라. 남월왕이 탄왈,

"희동은 일편소국으로 저른 인ᄌᆡ날 쥴 뉘 알이요."

ᄒᆞ더라. 니튼날 평명759)에 원실이 진문을 열고 쳘이토마을 타고 칠셩쟝금을 빗겨드려 외여 왈,

"무지흔 오랑ᄭᆡ 망포760)만 밋고 왕명을 거역ᄒᆞ니 늬 오날 한 칼로 못지르고 쳔조에 위엄을 베풀고자 하나니 적쟝은 빨이 나와 칼을 바드라. 그럿치 아니하면 황셩을 쏘리라."

하는 소래 태산이 문혀지는 듯하난지라. 호돌통이 분기 참지 못하야 대왕국 자유마를 타고 백 근 쳘태761)를 들고 딕호 왈,

"쳔조대쟝 셔응택이 패하야 물려가거늘 너 갓흔 해우창ᄉᆡᆼ762) 청춘소년이 감히 어윤을 황거763)하니 긔

　　진(☳), 태(☱), 간(☶), 이(☲).

754) 육갑육정(六甲六丁) : 둔갑술을 할 때 부르는 신장 이름. 원래는 육정육갑.

755) 부부육기(浮浮六氣) : 천지를 싸고 있는 음(陰), 양(陽), 풍(風), 우(雨), 회(晦), 명(明)의 여섯 가지 기운.

756) 사두풍비육화진법(蛇頭風飛六花陣法) : 뱀의 머리가 바람처럼 빠르게 움직이는 것처럼 진을 눈송이의 결정 모양같이 여섯 모가 지게 만들어 적진을 꿰뚫어 들어가서 단병으로 싸우는 백병전의 방법.

757) 처처불명(處處不明) : 곳곳이 분명하지 않음.

758) '장사진(長蛇陣)'의 오기이다.

759) 평명(平明) 해가 돋아 밝아질 때.

760) '강포(强暴)'의 오기이다. 강포 : 몹시 우악스럽고 사나움.

761) 철퇴(鐵槌).

762) 해우창생(海宇蒼生) : 한 나라의 모든 사람들.

구하고도 불상하다."

하거늘 원실이 더욱 분노하야 마자 싸화 오십여 합에 원실이 기운 쇠진하야 칼법을 착차하난지라. 일학니 진문에서 바라보다가 몸을 날여 원실의 마장에 안지며 적장의 투고를 칼로 처 벽기어 적장이 철태를 들고 원수를 치라 할 제 일학이 발셔 뒤흐로 적장 뒤곡지를 썰러 마하에 써러지난지라. 원실이 칼 끗헤 꾀여 들고 좌우충돌하니 적진 장졸이 추풍낙엽 갓더라. 월왕이 호돌통에 죽음을 보고 구장764)을 함게 내여 보네여 원실을 청하니 일학이 급히 팔무법765) 행하야 풍우대작766)하며 원실은 간 곳 읍고 목인 팔장이 팔방으로 응셩하며 일원 소장 공중에 왕네하며 구장에 투고를 다 벅기고 왈,

"너는 불질 읍시 명을 재촉말고 밧비 도라가 월왕에 머리를 벼혀

밧치라."

호령하니 구장니 동서를 분변치 못하고 닷다가767) 목장에게 죽는 재 부지기수라. 남월왕이 할일읍셔 쟁을 처 군을 거두고 제장을 불려 왈,

"실라국 청병장은 무섭지 아니하되 공중에셔 왕늬하든 장수는 천신이요, 사람은 아니니 인력으로 잡지 못할지라. 산신768)을 동구에 보내여 호야 왕을 오국에 청병하야 젼안사769) 북편에 진을 치니 실라진 뒤를 끈혀 도라

---

763) 항거(抗拒) : 순종하지 않고 맞서서 반항함.
764) 구장(九將) : 아홉 장수.
765) '팔문법(八門法)'의 오기이다. 팔문법(八門法) : 도술에 능한 사람이 부리던 술법.
766) 풍우대작(風雨大作) : 비바람이 크게 일어남.
767) 도망하다가.
768) '사신(使臣)'의 오기이다.
769) 뒤 내용으로 보아 '전안산'의 오기이다.

가지 못하게 하고 우리난 양거산770) 남곡771) 칠백 이를 물려가면 실라장졸을 유인하얏다가 거짓 황복772)하고 뒤를 조치면 제 비록 쳔신이라도 진태유곡이라. 그물에 든 새 잡 듯 할 거스니 네 말을 어기지 말고 하라."

제장을 분부할세 이 말대로 일쳔 병마를 주며 동구 사신을 보늬고 호협으로 효양국 사신을 보늬니 돌통에 동생 돌각으로 션봉을 증하야 젼안산을 너머 양거

91쪽

산 남곡으로 유인하라 하니라. 원실과 일학이 본진으로 도라와 쉬고 잇튼날 싸홈을 도드니 돌각이 응장출마하야 대질773) 왈,

"무진한 어린 아해 쳔춘만 밋고 젼장에 나와 당돌이 행행하니 오날 비조즉셕774)에 너히 양장을 버혀 늬 형에 원수와 구장에 셜치775)를 하리라."
하고 달여들거늘 원실니 대로776) 왈777) 바로 돌각을 취하니 삼십여 합에 돌각이 말을 둘어 도망하거늘 원실과 일학니 일시에 뒤를 짜루니 남월왕이 돌각으로 막어라 하고 젼안산을 너머 양거산 남곡에 유진하거늘 원실이 대젼하고 밤을 지날 새 야반778)에 군즁이 요란하며 사면에 함셩이 진동하거늘 원실니 진문에 젹진장졸을 대젹코자 하거늘 일학니 말이여 왈,

---

770) 양거산(梁渠山) : 『산해경(山海經)』에 등장하는 산. 풀과 나무가 없고 금과 옥이 많다고 한다.

771) 남곡(南谷) : 남쪽 골짜기.

772) 항복(降伏).

773) 대질(大叱) : 크게 꾸짖음.

774) 비조즉셕(非朝卽夕) : 아침이 아니면 저녁이라는 뜻으로, 시기가 매우 임박함을 이르는 말.

775) 셜치(雪恥) : 부끄러움을 씻음.

776) 대노(大怒) : 크게 노함.

777) 원실의 말이 없는 것으로 보아 일부 내용이 누락되었다.

778) 야반(夜半) : 밤중.

"진셰도 모르거이와 우리 진즁을 요동치 안니하게 졔히 미리 도망코자 함이니 날이 발거든 진

형을 탐지하고 뒤를 조칠 거스니 염여 말고 편히 쉬소셔."
하더니 과연 날니 발근 후 군관니 보하되 적진에 맛나다 하거늘 원실이 일학에 지감779)을 황거하더라. 일학이 노장780)을 불려 왈 여와 남곡 이수를 무르니, 도로장이 대왈,

　"남곡은 칠백 이요, 거기 지내오면 바다 갓흔 대강이 잇삽고 강을 건너오면 만호지국 통한 되로781) 잇삽고 남월지경을 당하면 산쳔 흉악하고 자고로 군병을 쓰지 못하나이다."
하거늘 일학니 원수다려 왈,

　"적장 따라 칠백 이에 만일 우리 뒤를 도모하면 진퇴유곡이라. 읏지 하리오?"
한대 원수 왈,

　"쳥창782) 호돌통은 남호명장783)이되 우리 죽어거든 뉘 능히 당하리요. 또 말이타국 쳥병장니 되얏다가 도젹에 항셔784)도 못밧고 무단이 퇴진하면 우리 무삼 면목으로 쳔자를 뵈오리요."
한대 일학니 마지 못하야 뒤를 따라 남월를

---

779) 지감(知鑑) : 사람을 잘 알아보는 능력.
780) 노장(路匠) : 길을 닦는 기술자. 도로장(道路匠).
781) 대로(大路) : 큰 길.
782) '적장(敵將)'의 오기이다.
783) 남호명장(南胡名將) : 남쪽 오랑캐의 이름난 장수.
784) 항셔(降書) : 항복을 인정하는 문서.

치니 남월이 진문을 구지 닷고 나지 아는지라. 원실과 일학니 사면에 불을 노코 목장 팔 인을 적진 줌에 너어 좌우충돌하니 남월왕니 황셔를 써 올니거늘, 일변은 강변 뒤후하얏든 본국 병후에 통하야 따르라 하니라. 원수 일학으로 더부려 장대에 놉히 안자 남월 항셔를 밧고 남월왕을 경계[785]하야 왈,

"즉금 천자 승무신승하신 은덕니 사해[786]에 흘럿고 우염[787]이 천하에 진동하거늘 무지한 너히는 천의를 모르고 감히 남방을 요란하니 죄 만 변 죽어도 악갑지 안커니와 너의 잔명을 보존하야 살여 용셔하나니 차후는 반심을 두지 말고 옥백[788]을 밧쳐 어기미 읏게 하야라."

한듸 남월왕이 돈수[789]하고 물려가거늘 원수 회국하야 남곡에 당하매 날이 져무려 언덕에 의지하야

유진하고 군관이 십 인을 보늬여 길의 혀실[790]을 무른듸 또 군관 칠 인을 명하야 뒤로 남월왕니 따르난가 엿보라 하고 쉬더이, 이날밤 삼경에 산상에셔 고함 소래 사면으로 이려나며 돌을 궁글니며 나리난 화살이 비오듯 하야 군사 소족 놀래 진을 못하얏더라. 또 남월니 뒤를 쪼차 시살[791]하니 망보든 군관이 급히 봉화를 들고 영상[792]에 적병이 듸치[793]하얏다 하니 원수와 일

---

785) 경계(警戒) : 옳지 않은 일이나 잘못된 일들을 하지 않도록 타일러서 주의하게 함.
786) 사해(四海) : 온 세상.
787) '위엄(威嚴)'의 오기이다.
788) 옥백(玉帛) : 중국의 제후들이 천자를 만날 때 바치던 옥과 비단.
789) 돈수(頓首) : 머리가 땅에 닿도록 하는 절.
790) 허실(虛實) : 허함과 실함.
791) 시살(廝殺) : 싸움터에서 마구 침.

학이 하날을 우러러 탄식하고 청학산 도인 주던 백병을 너여 들고 늬던지니 쪼각이 사면으로 헛허지며 화광니 충천하여 급한 바람이 뒤작여 순식간에 산상에 다다르니 적진장졸이 밋처 핏치 못하야 불에 싸죽난 재 무수하더라. 션시에 동구 사신 갓든 마일태는 동구 청병 삼 만을 젼안산 셔편에 매복하고 혼야왕 오국에 갓던 호협은 팔 만병을 거나려 양

95쪽

거산 북편에 진치니 이 원수에 회군하기만 기다리더니, 오월오야⁷⁹⁴⁾에 대풍니 이러나 남기⁷⁹⁵⁾ 부려지며 돌과 모래 날여 눈을 쓰지 못하야 동셔를 분간치 못하더니, 봉봉재재⁷⁹⁶⁾ 급한 불니 동에서 번듯 셔에서 붓고 남의셔 번뜻 북에서 화광이 충천하니, 동구 호야 오국 장졸니 분주하여 살기 도모하야 북과 방패를 다 바리고 쳐지도지⁷⁹⁷⁾하야 도망하더라.

잇때 양일학이 목장 팔 인을 명하야 동셔남북에 조차가며 우래 갓치 호롱하야 천지가 뒤 놉난 듯 하더라. 양일학니 칠 일 후에 남거산을 너머 젼안산을 지내가더라. 천조대장 셔응택니 나와 리원수에 손을 잡고 대히 하야 왈,

"장군에 용맹은 옛적 염파이목⁷⁹⁸⁾이라도 능히 막치 못할 거스요, 양 후군에 신조기계⁷⁹⁹⁾는 장자방, 졔

---

792) 영상(嶺上) : 재나 고개의 위.

793) 대치(對峙) : 서로 맞서서 버팀.

794) 오월오야(午月午夜) : 오야(午夜)가 자정이므로 한밤중을 이르는 말.

795) 나무.

796) 봉봉재재 : 봉우리와 고개마다.

797) 전지도지(顚之倒之) : 엎어지고 넘어지며 급히 달아나는 모양.

798) 염파이목(廉頗李牧) : 염파와 이목은 중국 전국시대 가장 강성했던 진(秦)나라에 끝까지 맞섰던 조(趙)나라의 명장.

799) 신조기계(神造奇計) : 신기한 조화와 기묘한 꾀.

갈양이라도 예서 지닉지 못하리로다."

잇튼날 대연을 배설하고 군졸을 정구할새 실라국 군사 삼십팔 인니 죽엇더라. 양 후군니 쳔조대장게 쥬왈,

"동구 호령하야 남월왕에 머리를 벼혀 밧치라."

응태[800]이 듸왈,

"양 후군에 말삼이 당당.[801]"

하고 즉일에 격셔[802]를 오호[803]에 보닉여 호령하야 소호왕 동구 대로하야 남월왕을 원망하야 스사로 싸와 남월왕에 머리 벼혀 함에 보고[804] 각각 황셔를 올이거날 응태기[805] 남월왕에 머리와 오호의 항복과 동구에 일백 바다 쳔오 주문하니라. 응택은 본부로 도라가고 실아국 청병대장 리원실만 회군할새 응택과 제장군졸이 멀이 나와 전송할새 잇때 초왕(楚王)이 실아국 청병장 리원실이 오난 전문[806]을 듯고 동구에 나와 지적에 긔치창금은 좌우에 나열하고 리원수 초왕셩에 드러가 유진하고 원수

와 초왕은 궐문으로 드러가니 삼쳔 궁여와 만조백관이 좌우에 별여스며 응신종거와 항거지위 범졀이 왕자에 비할너라. 원수 마음이 활발하야 좌우산쳔을 도라보니 풍경도 거륵커이와 인물도 번화한지라. 원수에 풍치를 초왕

---

800) '응택'의 오기이다.
801) '하다'가 빠졌다.
802) 격서(檄書) : 적군을 달래거나 꾸짖기 위한 글.
803) 오호(五胡) : 중국의 서북방으로부터 본토로 이주한 다섯 민족, 흉노(匈奴), 갈(羯), 선비(鮮卑), 저(氐), 강(羌)을 말함.
804) 문맥상 '넣고(너코)'가 맞다.
805) 응택이.
806) 전문(傳聞) : 다른 사람을 통하여 전해 들음.

이 보고 사랑하야 머무려 두고 일등미색807)과 일등가무808)하난 게생을 분부하야 리원수에 쳐소에 보닉여 마음을 화락하게 하더라. 원수 과연 주색청누809)에 쌔자 무정세월을 보내더라.

잇때 양 후군이 이십 일니 되도록 나오지 아니함을 고이 여겨 초양 이층에 올라가 포연810)히 안자 청학도사 주던 옥소811)를 불 새, 잇때는 시월망간812)이라 낙목은 소슬하고 명월은 발가는데 사람에 회포를 돕는지라. 옥소 일 곡조을 불엇스되,

'애달를사 리 원수야 왕명니 지즁커

늘 즁도객813)노 무삼일가. 요요조조 지난 눈물 말이저두 이두공814)이 일조분우815) 되단말가. 십 년 동겨816) 양일학은 일편단심 엿다두고 북해에 우는 져 기력이는 한소무에 겨셔 발에 매고 운소월야817) 빗쳐는대 상님충풍818) 넘노는고. 촉즁819)에 불여귀820)난 망졔혼령821) 분명하다. 공산야월

807) 일등미색(一等美色) : 가장 아름다운 여자.
808) 일등가무(一等歌舞) : 춤과 노래를 제일 잘함.
809) 주색청루(酒色靑樓) : 술과 여자들이 있는 집, 또는 술과 여자를 이르는 말.
810) 표연(飄然) : 바람에 나부끼는 모양이 가벼움.
811) 옥소(玉簫) : 옥퉁소.
812) 망간(望間) : 음력 보름 무렵.
813) 즁도객(中途客) : 목적을 잊고 길에서 시간을 허비하는 사람을 이르는 말.
814) 이두공(李杜公) : 이백(李白)과 두보(杜甫).
815) 일조분우(一朝盆雨) : 하루 아침에 지방관으로 좌천함.
816) 동거(同居) : 같이 삶. 또는 같이 사는 사람을 이르는 말..
817) 운소월야(雲宵月夜) : 구름 긴 달 밤.
818) 상림춘풍(上林春風) : 상림원(上林園)에 부는 봄바람. 상림원(上林園)은 중국 진시황이 건설하고 한 무제가 증축한 장안 서쪽에 있던 궁원(宮苑).
819) 촉즁(蜀中) : 촉나라 안.
820) 불여귀(不如歸) : 두견이.
821) 망졔혼령(望帝魂靈) : 중국 촉나라의 망제(望帝)의 혼령.

두견셩에 고금역사 창자 끈허니고 오호에 발근 달은 실라국 빗치런만 슬푸다 우리 원수 고국 생가 견혀 읍내. 태행산822) 힌 구름은 헛헛지고 가런마는, 우리 원수 어이 구려갈 줄 모로는고. 흔슈823)에 흐르난 물 동희로 가런마는, 비러비러 우리 중군 동희 소식 망연ᄒ다. 셔슨의 슬진 고스리 빅이슉졔824) 머거스이, 가오가오 니원슈야 단츙고졀825) 모를손가. 비려비려 니원슈야 쥬싀청뉴 조

커만은, 션도사에 교훈 말삼 견혀젼혀 이즐손야. 초왕궁녀 가은 혀리 부대부대 조와 마오. 이닉 몸 죽어지면 타국혼 어딕 갈가. 계명산 추야월826)에 장자방의 옥통소 소래 장즁827)에 잠든 패왕828) 우혜우혜 눈물짓고 소상강829) 세우 즁에 아황여영 슬푼 소리 창오산830)에 죽어지고 임군 못만닉여 반죽이 소소하다. 오호라 비혜비혜 장하831)에 군졸더라 술 한 잔 가득 부워라. 니 원수에 심장 씨셔보자. 셤셤옥수 되난듸 헌헌주수 흐르난고.'

불기를 다하고 듸에 나리매 은하는 셔쳔에 기우려 젓다.

잇째 초왕에 딸니 후원 누각에 의지하야 통소소래 넌짓 듯고 자세히 삭

---

822) 태행산(太行山) : 중국 산서성(山西省) 진성현(晉城縣)에 있는 산.

823) 한수(漢水) : 중국 양자강의 지류.

824) 백이숙제(伯夷叔齊) : 백이와 숙제를 이르는 말. 중국 주나라 무왕이 은나라 주왕을 멸하자 신하가 천자를 없앤다고 반대하며 주나라의 곡식을 먹기를 거부하고 서우양산에서 굶어죽은 형제성인.

825) 단충고절(丹忠孤節) : 진심어린 충성심과 높은 절개.

826) 추야월(秋夜月) : 가을밤의 달.

827) 장중(帳中) : 장막의 안.

828) 패왕(霸王) : 초패왕(楚霸王) 항우(項羽)를 이르는 말.

829) 소상강(瀟湘江) : 중국 호남성(湖南省)의 남부를 흐르는 강.

830) 창오산(蒼梧山) : 중국 호남성(湖南省) 영원현(寧遠縣)의 동남쪽에 있음. 순(舜)임금이 죽었다는 곳.

831) 장하(帳下) : 장막 아래.

여 드른이 충신열사 증욱이 분명하다. 잇튼날 아침에 초왕게 고 왈,

"간 밤에 양 디장에 통소 부는 소래

100쪽

는 만고 충신 열여오니 디원수를 무루혀 두지 말고 속히 경성으로 보닉소셔. 옛 승인832)니 이르신 말삼 삼군장사도 빼서도 필부에 뜻슨 못뺀는다 하엿사오니 부디 말유지 마옵소셔."

초왕이 묵연히 탄복하더라. 리 원수 미색과 기생으로 지닉더니 월야반833)에 옥져 소래를 듯고 추연히 눈물을 나류거늘 모든 시여들이 통소 소래 창아비월834)함을 듯고 심신니 감동하야 눈물만 짓더라. 니 원수 글 할835) 수를 지여 모든 민녀(美女)를 주어 왈,

'초왕디상옥소래하니
능사행인장부래라.
금소연당무소우하니
합환배작발시닉라.'836)

지여 소래를 화답하되,

---

832) 성인(聖人).
833) 월야반(月夜半) : 달이 뜬 밤중. 즉 깊은 밤을 이르는 말.
834) 청아비월(淸雅飛越) : 맑고 아름다워 정신이 아뜩하도록 낢.
835) '한'의 오기이다.
836) 초왕디상옥소래(楚王臺上玉簫來)하니 능사행인장부래(能使行人丈夫來)라. 금소연당무소우(今宵蓮堂霧消憂)하니 합환배작발시닉(合歡杯酌發時來)라 : 초왕의대 위로 옥통소 소리 들리니 능히 사행으로 갔던 남편이 돌아오는구나. 오늘밤 연당에 근심이 안개처럼 사라지니 환환주를 나눌 시간이 오는구나.

'옥소성단가성열하니

봉시배작별시배라.

초왕궁여일시배하니

운우종금화유애라.'837)

하엿더라. 가

101쪽

무를 파하고 잇튼날 아침에 원수 초왕게 하직하고 초왕이 임이 딸에 말를 드른지라. 보화를 만히 상사838)하고 백관으로 교외에 나와 젼송할새 초왕 의 딸이 별노히 옥함 한 쌍과 옛단 백 필을 양 후군에게 보늬여 왈,

"간 밤에 옥소셩에 듸인을 당한 듯하나 못보니 쳘 이839)요. 미물840)를 보늬여 촌졍841)을 표하나니 누하다 취하다 마르시고 바듯서."

하고 보늬여더라. 양일학이 미주 월피 일봉을 보늬고 회답 왈,

"해외 쳔누842)한 자회로 귀국에 와 후듸를 밧자오니 불승감사843)오며 귀공주에 지감은 쳔고에 드므도다."

하엿더라. 초왕이 원수를 약수844) 상에 이별하고 쳔만 본845) 보즁하멸 마지

---

837) 옥소성단가성열(玉簫聲斷歌聲咽)하니 봉시배작별시배(逢時杯酌別時杯)라. 초 왕궁여일시배(楚王宮女一時拜)하니 운우종금화유애(雲雨終今花柳哀)라 : 옥 통소 소리가 끊어지고 노랫소리 목이 메이니 좋은 때를 만나 술을 나눈 것처럼 이별할 때도 잔을 나누는구나. 초왕의 궁녀 모두 절하고 구름과 비가 종래 그 치니 꽃과 버들이 슬퍼하는구나.

838) 상사(賞賜) : 상으로 물품을 내려 줌.

839) 천리(千里).

840) 미물(微物) : 작고 변변치 않은 물건.

841) 촌정(寸情) : 아주 짧은 시간 동안에 맺었던 정.

842) 천루(賤陋) : 인품이 낮고 더러움.

843) 불승감사(不勝感謝) : 감사한 마음을 이기지 못함. 즉 매우 감사함을 이르는 말.

아니하더라. 여려 날만에 경성에 다다르니, 차시에 왕이 십 이

산정에 나와 마질세 백관덜도 좌우 나열하고 드려가니 왕니 대찬 왈,
"경이 말이846) 젼잔847)(戰場)에"848)

무사히 왕반849)함을 치사하시고 딕연을 배설하고 삼일 딕연할세 세월이
태평하니 백셩니 패평가850)를 부르더라. 원수와 일학이 왕에게 상소 왈,
"신의 고향에 나려가 세월을 보닉겟사오니 하감하소셔."
하얏더라. 왕이 딕경하야 원수를 인경851)하시고 가라사되,
"경은 주셕지신852)이라."

우의정 딕부도독을 봉하시매 원수 숙배하야 군사를 의논하더라. 그럭저
럭 리 승상이 삼자일녀를 나으시고 각각 성취853)하야 선조향화854)를 밧들
게 하니 그런 영광이 쳔하만고에 드믄지라. 그 아달도 벼살하고 그리울 거
시 읍더니 오호라. 승상

---

844) 약수(弱水) : 중국 서쪽 전설 속의 강.
845) 번.
846) 만리(萬里).
847) 전장(戰場) : 전쟁터.
848) 천자의 말이 다 필사되지 못하였다.
849) 왕반(往返) : 갔다가 돌아옴.
850) '태평가(太平歌)'의 오기이다.
851) 인견(引見) : 윗사람이 아랫사람을 불러 만나 봄.
852) 주석지신(柱石之臣) : 나라에 중요한 구실을 하는 신하.
853) 성취(成娶) : 결혼을 하여 가정을 이루게 함.
854) 선조향화(先祖香火) : 조상들의 제사.

103쪽

이 연만 칠십에 우연히 상사855)나니 아달에 애동망극856)과 양 부인 에통함을 비할데 읍더라. 예로 선산에 암장857)하고 삼년초로를 극진히 지낸 후 양 부인이 우연 득병하야 별세하니 예절과 범절이 젼과 갓더라.

정해년858) 二月十五日
윤승회

---

855) 상사(喪事) : 사람이 죽는 일.
856) 애통망극(哀痛罔極) : 그지없을 만큼 애통함.
857) '안장(安葬)'의 오기이다.
858) 1887년으로 추정된다.

박인희

국민대학교에서 고전시가를 전공하였다.
"삼국유사 소재 향가 연구"로 박사학위를 취득하였으며,
공주대, 명지대, 숭의여대 등에서 강의하였다. 현재 안양
대학교 교양학부 전임강사로 있으며, 삼국유사 소재 향가
와 이야기의 관련 양상에 대해 연구하고 있다.

양소제전

초판 인쇄 2010년 2월 10일
초판 발행 2010년 2월 22일

주 해   박인희
펴낸이   박찬익
편집책임   이영희
책임편집   김민영

펴낸곳   도서출판 **박이정**
주 소   서울시 동대문구 용두동 129-162
전 화   02)922-1192~3
전 송   02)928-4683
홈페이지   www.pjbook.com
이메일   pijbook@naver.com
온라인   국민 729-21-0137-159
등 록   1991년 3월 12일 제1-1182호

ISBN   978-89-6292-091-8 (세트)
          978-89-6292-094-9 (94810)